Que le meilleur gagne!

La collection Rose bonbon...
des livres pleins de couleur,
juste pour toi!

Que le meilleur gagne!

Jenny Santana

Texte français de Louise Binette

Catalogage avant publication de Bibliothèque
et Archives Canada

Santana, Jenny
Que le meilleur gagne! / Jenny Santana ;
traductrice, Louise Binette.

(Rose bonbon)
Traduction de: Winner takes all.
ISBN 978-1-4431-2031-9

I. Binette, Louise II. Titre. III. Collection:
Rose bonbon (Toronto, Ont.)

PZ23.S238Que 2012   j813'.6   C2012-902451-1

Édition publiée par les Éditions Scholastic,
604, rue King Ouest, Toronto (Ontario) M5V 1E1.

5 4 3 2 1   Imprimé au Canada 121   12 13 14 15 16

Conception graphique de la couverture : Yaffa Jaskoll
Illustration de la couverture : Chuck Gonzales
Le texte a été composé avec la police de caractères Bulmer.

MIXTE
Papier issu de
sources responsables
FSC® C004071

*À tous les conseils étudiants
et à ma mère.*

Chapitre 1

— Pas d'excuses, dit Célia Martinez à sa meilleure amie, Marine Durand, au téléphone. Viens tout de suite, sinon tu ne sauras rien de mon plan secret.

Elle raccroche et sourit intérieurement, sachant très bien que son ton dramatique a toujours raison de Marine, et que celle-ci ne voudra pas être tenue à l'écart d'un savoureux secret deux semaines à peine après leur entrée au secondaire.

Marine est aussi la voisine de Célia, en plus d'être son amie. Elle habite seulement cinq maisons plus loin. C'est dimanche, et comme elles ont toutes les deux terminé leurs devoirs, Célia sait que Marine n'a aucune raison de ne pas venir. Deux minutes après avoir raccroché, Célia entend frapper à la porte; deux secondes plus tard, les pas de Marine résonnent dans le couloir.

— J'espère que c'est important, dit Marine d'un ton haletant en traversant la chambre de Célia. Tes voisins ont encore sorti leur chien, et j'ai dû courir le long de la clôture pour ne pas me faire manger.

— Marine, Paco est un chihuahua, souligne Célia. Il ne pourrait pas te manger même s'il le voulait!

Marine se laisse tomber sur le lit de Célia et répond :

— Peu importe, ce chien est diabolique. Je sais qu'il veut ma peau.

Elle se blottit contre les coussins multicolores sur le lit de Célia tout en reprenant son souffle. Ses longs cheveux noirs droits s'étalent comme un éventail sombre sur le couvre-lit. Célia adore les cheveux de Marine et aimerait tant que les siens soient aussi lisses. Sa propre tignasse est brune et très, très frisée, ses cheveux tombant en tire-bouchon tout autour de sa tête. Elle a du mal à les discipliner, surtout par temps humide, et cela lui donne toujours un air un tantinet sauvage, un peu comme un savant fou. Elle n'arrive à les maîtriser qu'à grand renfort de gel, de grosses pinces à cheveux et d'élastiques robustes.

— Tu devrais peut-être écouter l'homme qui parle aux chiens et te rappeler que c'est *toi*, le chef de meute.

Elles rient toutes les deux, se remémorant l'après-midi qu'elles ont perdu cet été à regarder à la télé plusieurs épisodes consécutifs de *César, l'homme qui parle aux chiens*. Ni l'une ni l'autre n'a de chien!

Célia et Marine se sont connues l'an dernier, en sixième année, lorsque Célia s'est jointe à la troupe de théâtre de l'école Cousineau dans l'espoir de redorer son image. Elle espérait alors devenir amie avec les membres de la populaire clique d'art dramatique de l'école, mais sa brillante victoire à l'expo-sciences de l'année précédente (totalement accidentelle et inattendue, les élèves de sixième année ne remportant presque jamais les honneurs) l'avait résolument catapultée au rang de « nerd ». Célia avait réagi avec philosophie. Après tout, les enseignants l'aimaient bien, et des élèves de tous âges et de tous genres (sportifs, rockeurs, branchés, rêveurs) l'avaient félicitée pour son exploit scientifique, dans les couloirs ou à la cafétéria. Et grâce à ses cheveux rebelles, elle pouvait enfin dire qu'elle avait la tête de l'emploi.

Mais de toute évidence, ses efforts pour transformer son image en se joignant à la troupe de théâtre n'ont rien donné. À vrai dire, elle est plutôt mauvaise sur scène; le sens du drame dont elle fait preuve au quotidien ne passe tout simplement pas dans le vrai monde du théâtre. Lors de sa toute première audition, elle a recommencé deux fois et a manqué la plupart de ses répliques. Ses mains tremblaient à un point tel qu'elle avait dû les glisser dans les poches arrière de son jean. La directrice de la troupe l'avait même interrompue au milieu de son monologue en criant « Coupez! » à la façon des réalisateurs.

— Ça ira comme ça, merci, avait-elle dit en se frottant les tempes.

Elle avait demandé à Célia de quitter la scène et de laisser tomber la partie musicale de l'audition (au grand soulagement de Célia, qui savait qu'elle ne pouvait pas chanter, surtout pas un extrait de *High School Musical 3*, qu'elle n'avait même pas encore vu). Célia est demeurée membre du club d'art dramatique afin de pouvoir voter lors du choix des pièces ou des comédies musicales présentées par l'école, de même que pour aider à la fabrication des décors. Cependant, elle n'a jamais joué dans une pièce, contrairement à Marine qui décroche habituellement les rôles principaux. N'empêche que Célia a du plaisir à faire répéter les acteurs, et elle peut encourager sa nouvelle meilleure amie dans l'assistance.

— J'ai besoin de ton aide, annonce Célia.

Elle se laisse tomber sur le lit à côté de Marine.

— En fait, j'espérais ne pas avoir à te le demander, mais il semble bien que je n'ai pas d'autre choix.

Marine cesse de gratter le vernis orange clair sur ses ongles et penche la tête vers Célia.

— Qu'est-ce qui peut déjà aller si mal? On a recommencé l'école il y a deux semaines à peine. Tout se déroule presque exactement comme l'année dernière.

— Justement, dit Célia en se relevant aussitôt.

Elle commence à faire les cent pas autour du tapis de peluche violet placé au milieu du carrelage.

— J'espérais vraiment me débarrasser de cette image de « nerd » à temps pour me présenter au poste de représentante de 1re secondaire, mais on dirait bien que personne n'a oublié.

4

— Célia, tu te préoccupes trop de ce que les autres pensent.

Marine se redresse et serre un coussin couvert de plumes contre sa poitrine.

— Tu dois te présenter à l'élection! Tu ferais une excellente représentante. Tu formerais une bonne équipe avec la fille que les élèves de 2e secondaire ont élue la semaine dernière.

— Oui, Crystalle a mené une brillante campagne. Même les élèves qui ne sont *pas* en 2e secondaire savaient qui elle était et quel poste elle convoitait. Je suppose que ça n'a pas nui qu'elle soit capitaine de la troupe de danse et super populaire.

Marine hausse les épaules.

— C'est vrai. Je ne me souviens même plus de certains candidats qui se présentaient contre elle. Mais même si elle a dominé la course en 2e secondaire, je parie que tu pourrais mener une campagne encore plus impressionnante.

Célia en est convaincue aussi. En fait, elle a passé tout l'été à planifier sa campagne, dessinant des affiches dans sa tête et imaginant d'éventuels adversaires auxquels elle se mesurerait lors du grand débat final. Dans son esprit défilaient des idées de soirées de danse, de sorties scolaires et d'activités réservées aux élèves de 1re secondaire. Elle organiserait une semaine spéciale qui se terminerait par un pique-nique à l'heure du lunch, et elle convaincrait la direction d'accepter sa

5

proposition en la présentant comme un moyen de lutter contre l'absentéisme.

Célia entendait déjà son boniment : *Je peux vous assurer, monsieur, que les élèves vont réagir favorablement si on leur offre une semaine spéciale comme récompense, et que le nombre de présences dans les classes de 1re secondaire de l'école Cousineau va monter en flèche.*

Célia s'imaginait non plus en « nerd », mais en représentante que tout le monde connaîtrait et voudrait côtoyer, et elle ne pouvait s'empêcher d'éprouver un sentiment d'excitation. Elle avait même griffonné en secret dans son cahier : *Célia Martinez, représentante de 1re secondaire*, sur la même page cachée où elle avait inscrit son nom à côté de celui de son béguin, Matéo (Mat pour les intimes) avant de les entourer de cœurs.

Avec autant d'idées pour faire de l'année qui commence la meilleure que l'école Cousineau aura jamais connue, Célia a tout ce qu'il faut pour devenir une excellente représentante de 1re secondaire. Mais le seul problème est que Célia n'a pas l'intention de poser sa candidature.

— Tu sais bien que notre école est la championne des cliques, Marine. Il suffit de regarder Yasmine et sa petite bande de danseuses suiveuses.

Yasmine et ses amies sont le parfait exemple de ce qu'est une clique. Elles ne se lâchent pas d'une semelle, s'assoient ensemble au dîner et font partie de la même troupe de danse. Quand on prononce le nom « Yasmine », ce n'est pas l'image d'une seule fille qui nous vient en tête, mais plutôt celle d'un groupe de filles portant le même jean ajusté, la même queue de cheval haute et le même brillant à lèvres. Parfois, quand elles entrent toutes en même temps à la cafétéria le midi, Célia n'arrive même pas à les distinguer. Elles ne sont pas méchantes; seulement, elles choisissent avec soin les personnes qu'elles saluent dans les couloirs de peur de ternir leur image de groupe parmi les plus cool de l'école. Elles disent toujours bonjour à Marine, mais ignorent habituellement Célia, même si celle-ci se tient juste à côté de son amie. Au mieux, elles se tromperont de prénom et marmonneront « Salut, Claudia » tout en marchant vers leur casier sans se presser.

— Oui, c'est vrai que l'esprit de clique est assez fort ici, reconnaît Marine. Mais tu ne crois pas que tu devrais quand même tenter ta chance? C'est clair que tu y as songé.

— Oui, mais jamais le gagnant ou la gagnante de l'expo-sciences n'a remporté une élection. C'est l'échec assuré! Ça va à l'encontre de la logique de notre école d'élire une « nerd ».

Célia cesse de faire les cent pas et s'assoit en tailleur au milieu du tapis, les coudes sur les genoux. Elle s'efforce de prendre un air bouleversé, bien qu'elle ait considéré son plan dans les moindres détails et qu'elle soit convaincue qu'il va marcher. Encore faut-il que Marine l'approuve, et cela risque davantage de se produire si Marine compatit avec elle. Célia continue donc à faire la moue.

— Qui sait? dit Marie. Il y a un début à tout.

— Tu parles comme ma mère.

C'est vrai. La mère de Célia lui a dit exactement la même chose quand elle lui a expliqué qu'elle n'avait pas l'intention de se présenter à l'élection.

— N'empêche que c'est pratiquement perdu d'avance. Je ne me présenterai pas.

Elles restent assises en silence pendant une minute. La voix de la mère de Célia leur parvient du garage quand elle appelle Carlos, le frère aîné de Célia, pour qu'il l'aide à faire la lessive. C'est au tour de Carlos de laver et de plier le linge, et Célia est soulagée de ne pas être de corvée. Marine change de position sur le lit de Célia, s'allongeant sur le ventre, la tête appuyée sur ses mains.

— Si tu ne te présentes pas, demande-t-elle enfin, quel est donc ce plan secret dont tu voulais me parler?

Voilà l'occasion que Célia attendait. Elle se lève d'un bond et entre aussitôt en mode exposé oral : posture convenable, contact visuel et prononciation claire de chaque mot. C'est en mode exposé oral qu'elle s'est présentée aux juges à l'expo-sciences de l'année dernière. Cela lui vient naturellement; elle s'exprime facilement en public quand elle connaît bien son sujet et qu'elle présente son propre travail. En revanche, l'art dramatique lui pose un problème; elle n'arrive pas à prendre les idées de quelqu'un d'autre et à les faire siennes, pas sans de nombreuses hésitations.

— Tu étais d'accord avec moi tout à l'heure pour dire que ce sont les cliques qui règnent à notre école, commence Célia, et que certaines cliques jouent certains rôles. C'est bien ça?

— Je suppose, dit Marine, l'air vaguement inquiète.

Elle a bien vu que Célia est passée en mode exposé oral. C'est ce qui a aidé son amie à devenir première de classe, mais c'est toujours un peu bizarre quand elle y a recours à l'extérieur de l'école.

— Examinons les faits, poursuit Célia. Nous savons que les « nerds » ne gagnent jamais de concours de popularité, alors que c'est exactement en quoi consiste l'élection d'un représentant : un concours de popularité. Tu te souviens, l'année passée?

L'année précédente, les gagnants de sixième année et de première et deuxième du secondaire étaient tous des élèves parmi les plus populaires et les plus appréciés de l'école. Ils avaient tous mené d'excellentes campagnes et s'en étaient tous bien sortis lors du débat, mais le fait qu'ils étaient déjà populaires ne leur avait certainement pas nui.

— Je ne pense pas que ce soit uniquement une question de popularité, fait remarquer Marine en tressant distraitement ses cheveux, mais je comprends ce que tu veux dire. Aucun des anciens représentants ne pourrait être étiqueté comme un « nerd » pur et dur.

En fait, plusieurs d'entre eux faisaient partie... du club d'art dramatique.

— Exactement, approuve Célia tandis qu'un sourire se dessine sur son visage.

* * *

— Non, non, et non! s'écrie Marine.

Elle se lève et s'éloigne de Célia, marchant d'un pas lourd vers la porte de la chambre.

— C'est une très mauvaise idée!

Apparemment, convaincre Marine d'être candidate au poste de représentante de 1re secondaire sera plus difficile que Célia l'avait prévu, et ce, même si c'est cette dernière qui proposera les idées et fera tout le travail dans les coulisses.

— Mais tu n'auras rien à faire, insiste Célia. Ce sera facile. Je m'occuperai de tout. J'ai seulement besoin que tu sois le visage de ma campagne, que tu *joues* le rôle de candidate. Tu peux certainement nous faire gagner!

Marine se tourne vers elle.

— Mais, Célia, ça n'a rien à voir avec l'art dramatique. C'est malhonnête, non? Jamais un tel stratagème ne sera accepté. De plus, je ne veux pas être représentante. C'est toi qui veux l'être. Tu devrais arrêter d'avoir peur et poser ta propre candidature.

Célia recule d'un pas, hébétée. Marine a-t-elle raison? Célia a-t-elle simplement peur de se présenter?

Est-ce la raison pour laquelle elle a élaboré ce plan? Non, se dit-elle. Elle y a réfléchi tout l'été. Jamais elle ne gagnera un concours de popularité, même si elle prouvait qu'elle est la plus qualifiée pour le poste. Cela dit, les élèves de 1re secondaire méritent d'être bien représentés, et Célia sait qu'elle a ce qu'il faut pour accomplir la tâche. Elle veut faire valoir ses idées, même si c'est par l'entremise de quelqu'un d'autre. Elle doit convaincre Marine que ce plan est sa seule chance.

Célia pose ses mains sur les épaules de Marine et la pousse vers le sol, de sorte qu'elles se retrouvent toutes les deux assises sur le tapis violet. Les cheveux de Marine sont tellement longs qu'elle s'assoit presque dessus.

— Écoute, commence Célia. On parle ici d'un travail d'équipe qui a pour but de faire élire la meilleure candidate. Je crois que mon plan a de bonnes chances de fonctionner. Veux-tu que toutes les soirées de danse de 1re secondaire soient cool ou pas? Veux-tu que l'on continue à se taper des sorties scolaires nulles? Veux-tu qu'on ait vraiment notre mot à dire à propos du déroulement de l'heure du dîner ou du financement des clubs étudiants, celui d'art dramatique par exemple? Voilà les véritables enjeux.

Marine plonge son regard dans les yeux bruns de Célia. Celle-ci voit bien que son amie considère la question.

— Je ne sais pas, finit par dire Marine. Si je gagne, comment fera-t-on pour continuer ce manège pendant toute l'année?

Célia n'a pas beaucoup réfléchi à ça, mais elle sait comment répondre à Marine.

— Je vais devenir membre du conseil des élèves, puis je pourrai me porter volontaire pour « aider ».

— Mais pourquoi ne pas simplement poser ta...

— Ce n'est pas que je ne veux pas poser ma candidature, l'interrompt Célia, devinant ce que Marine s'apprêtait à dire. Bon, peut-être que j'ai un peu peur. Mais la vraie raison, c'est que je suis persuadée que toi + moi = victoire. C'est une façon de s'assurer que je... que nous gagnerons, et que les idées qui rendront cette année mémorable seront entendues. Je suis certaine que ce genre de situation arrive tout le temps en politique. Tout est une question d'image, et la mienne n'est pas gagnante. La tienne l'est.

Célia se sent un peu triste de devoir l'admettre, mais elle encaisse le coup et se rappelle tout ce qu'elle s'est dit durant l'été : *ce n'est pas de moi dont il s'agit; mais de la possibilité de faire de notre 1re secondaire la meilleure année de toutes.* Elle esquisse un sourire forcé.

Marine fait la moue et hausse les sourcils. Elle baisse les yeux et commence à tirer sur les brins de peluche du tapis. Célia se mordille la lèvre, se penche vers Marine et pose les mains sur les genoux de sa meilleure amie.

— Voilà comment il faut voir ça, dit Célia. Tu es celle que tout le monde voit, et je suis celle que tout le monde entend. C'est comme si tu jouais, et que j'étais la science derrière ton rôle. D'une certaine façon, ce sera le plus grand rôle de ta vie! Le plus long, aussi, car tu le joueras pendant presque un an!

Marine cesse de tirer sur la peluche et se redresse légèrement.

— Eh bien, ça paraît logique, quand tu l'expliques comme ça... dit-elle d'une voix traînante.

Au bout de quelques secondes, elle s'éclaircit la gorge.

— La seule raison pour laquelle je le ferais, c'est que tu es mon amie et je veux que tu sois heureuse. Tu as de très bonnes idées et ce serait super désolant que tu ne gagnes pas. Aussi, c'est vrai qu'il semble s'agir d'un rôle assez exigeant, et comme je ne sais pas si je décrocherai un rôle important dans la pièce de l'école cet automne, ça me donnerait l'occasion de m'exercer...

De nouveau, ses yeux se fixent sur ses ongles, et elle recommence à écailler son vernis.

— Je vais le faire à une condition : tu devras rester avec moi en tout temps. Je ne veux pas avoir l'air stupide parce que je ne connais pas la réponse à une question portant sur la campagne. Une fois que j'aurai dit oui, tu ne pourras plus m'abandonner.

— Bien sûr que non! glapit Célia en faisant un câlin

à son amie et nouvelle partenaire de campagne.

— Je ne te laisserai jamais. C'est promis. Je resterai collée à toi comme Paco quand tu envahis son territoire, renchérit Célia.

— Euh! Exactement ce qu'il me fallait. Encore des problèmes avec Paco.

Elles rient toutes les deux, ni l'une ni l'autre ne se doutant que Paco sera bientôt le moindre de leurs soucis.

Chapitre 2

Célia aurait dû être tout à fait préparée mentalement à ce qui l'attendait (faire une entorse à la vérité devant Mme Pomerleau, sa conseillère d'orientation préférée) au moment d'aller porter le formulaire de candidature au nom de Marine. Seulement, il y a une chose à laquelle elle ne s'attendait pas du tout : se trouver nez à nez avec son béguin, Matéo Crespi, à la seconde où elle franchit la porte du bureau.

— Holà! s'écrie Matéo lorsque Célia marche sur ses espadrilles griffées flambant neuves.

Son visage heurte l'épaule du garçon. Elle ne distingue que la masse rouge du maillot aux couleurs du Heat de Miami flotter devant ses yeux en reculant et en tentant de retrouver son équilibre. Puis elle se frotte la joue et ne trouvant mieux à dire elle s'exclame :

— Aïe!

Mais c'est Matéo qui parle le premier.

— Ça va, Célia? demande-t-il en posant une main sur son épaule avant de laisser retomber son bras.

Laisse-moi deviner… Tu étais trop occupée à penser au tableau périodique pour regarder où tu allais?

— Ouais, parce que je ne fais que ça dans la vie, penser aux sciences.

Célia ignore pourquoi, mais chaque fois qu'elle a l'occasion de parler avec Matéo, ils finissent toujours par se narguer. Elle ne peut s'empêcher d'être très méchante avec lui; c'est le seul moyen qu'elle a trouvé pour contenir sa nervosité et ne pas bégayer. Heureusement, Matéo réagit bien. Il rit toujours de ses insultes, lui adressant un sourire sincère et lui répondant du tac au tac par une plaisanterie. Même si ce n'est pas au tableau périodique qu'elle pensait en entrant, elle a bel et bien utilisé la méthode scientifique, il y a quelques mois, pour en venir à la conclusion suivante : les blagues de Matéo signifient probablement qu'il l'aime, mais simplement comme amie.

Célia jette un regard sur l'épaisse chaîne argentée qui pend sur le t-shirt de Matéo. Elle ne l'a jamais vue avant. *Elle est probablement neuve,* pense-t-elle. *Très jolie.*

— Tu as volé ça sur le vélo de qui? demande-t-elle en soulevant la chaîne et en la laissant retomber sur le t-shirt de Matéo avec un bruit sourd. Ou peut-être que ta mère a fait une mise de côté pour t'acheter un nouveau vélo et que tu n'as que la chaîne pour l'instant?

— Ha, ha, lâche Matéo avec un rire feint. En fait, c'est le cadeau d'anniversaire que m'a offert mon père

16

avec un peu d'avance. Il me l'a envoyé de Porto Rico. Elle te plaît?

— C'est quand, ton anniversaire?

— Dans un mois. Le 19 octobre.

— Et ton *père* n'est pas au courant?

Matéo fait claquer sa langue et sourit.

— On dirait bien que je suis encore tombé dans le panneau.

— Tu peux le dire, mon vieux!

Mon vieux? Pourquoi est-elle aussi idiote? Et pourquoi l'encourage-t-elle à la considérer comme une amie plutôt que comme l'amour de sa vie, ce qu'elle est, elle en est persuadée? Elle lui donne un petit coup de poing sur le bras au ralenti, un autre geste ridicule.

Il s'ensuit un moment de gêne et de malaise intense. Célia cherche désespérément quelque chose à dire, n'importe quoi, juste pour que Matéo continue à lui parler. Elle tire les bretelles de son sac à dos, se souvenant soudain du formulaire qui s'y trouve, la raison même qui l'a amenée au bureau. Matéo cligne des yeux tandis que Célia fixe ses sourcils foncés, assurément la partie préférée de son visage.

— Tu auras donc 14 ans? demande-t-elle enfin.

C'est la meilleure et la plus gentille question qu'elle a pu trouver.

— Ouais, répond Matéo en regardant dans le couloir par-dessus l'épaule de Célia.

Réfléchis, se dit-elle. *Dommage que tu aies encore*

17

l'air d'un gars de cinquième année. Non, c'est méchant, et ce n'est pas vrai non plus. *Tu dois trouver difficile d'avoir un âge que tu ne peux pas compter sur tes doigts!* Méchant, ça aussi, et peut-être qu'il ne comprendra pas la blague. *Est-ce que tu organises une fête d'anniversaire?* Voilà, c'est parfait! Désinvolte et aimable, et c'est une question! Les garçons adorent qu'on leur pose des questions, non? N'a-t-elle pas lu ça dans l'un des magazines de mode de Marine? De plus, s'il organise une fête, ça lui donnera l'occasion de l'inviter...

— Il faut que j'aille en classe, dit Matéo.

C'est raté. Encore une fois, son cerveau de « nerd » a trop réfléchi, et Matéo s'éloigne déjà.

— À plus! lance-t-elle alors qu'il est encore à quelques mètres d'elle.

Il se retourne, hausse un sourcil et la salue de la main.

Célia s'avance vers les portes à deux battants du bureau principal, s'efforçant de chasser Matéo et ses sourcils de son esprit, et de se rappeler la raison de sa présence ici. Le poids de son sac à dos sur ses épaules lui fournit la réponse : Marine et l'élection. Se préparant à affronter l'air conditionné super froid qui la saisira à la seconde où elle entrera dans le labyrinthe du cerveau administratif de l'école, elle pousse la porte.

* * *

— Si ce n'est pas ma petite demoiselle préférée,

18

Célia Martinez! Je t'en prie, entre! dit Mme Pomerleau derrière son gros bureau en métal.

Ses cheveux sont lissés vers l'arrière et agrémentés d'une raie en zigzag; elle porte ses lunettes extravagantes (à monture épaisse vert foncé) qui, bien qu'essentiellement laides, parviennent à lui faire un très joli minois.

Le bureau de Mme Pomerleau est situé le long du mur du fond. La pièce est petite mais bien éclairée, et il y flotte toujours une odeur de mangue. Une bougie parfumée à la mangue se trouve sur le bureau de Mme Pomerleau tandis qu'un bol de pot-pourri, à la mangue aussi, trône sur l'étagère derrière elle. Parfois, quand Mme Pomerleau entre dans une classe ou passe simplement dans le couloir, l'odeur de mangue traîne dans son sillage, tel un fantôme fruité. Chaque fois que Célia va à l'épicerie avec sa mère, le casier débordant de mangues dans la section des fruits et légumes lui rappelle sa conseillère d'orientation préférée.

Mme Pomerleau est une travailleuse acharnée. Elle était chargée de l'organisation de l'expo-sciences l'année dernière lorsque Célia a gagné, elle supervise le conseil des élèves et coordonne chaque élection scolaire depuis qu'elle s'est jointe au personnel de l'école Cousineau. C'est la plus jeune employée de l'équipe, et la mère de Célia a dit un jour que c'est ce qui expliquait que Mme Pomerleau soit aussi active,

19

puisqu'elle avait encore l'énergie des débutants.

— Es-tu venue ensoleiller ma journée en m'annonçant que tu poses ta candidature au poste de représentante de 1re secondaire? demande alors Mme Pomerleau en se frottant les mains et en faisant tourner sa chaise pivotante.

D'un coup d'épaule, Célia fait glisser son sac à dos et le plante sur le siège d'accueil.

— Euh, pas tout à fait, dit-elle en ouvrant la fermeture éclair de son sac.

Après avoir trouvé le formulaire, encore propre et impeccable, dans une chemise toute neuve sur laquelle Célia a apposé l'étiquette *Dossier de campagne de Marine*, elle le tend à Mme Pomerleau. Celle-ci continue de sourire, mais lorsqu'elle lit le nom sur le formulaire, Célia croit voir les commissures de ses lèvres s'abaisser légèrement.

— Oh. Marine Durand! Parfait, parfait.

Elle dépose le formulaire sur son bureau.

— Tout semble en ordre... pour Marine. As-tu une minute pour t'asseoir, Célia?

C'est ce que Célia redoutait. À cause de l'expo-sciences, Mme Pomerleau la connaît bien. Elle sait tout de sa tendance à tomber en mode exposé oral et de ses tentatives vaines pour faire partie de la clique d'art dramatique. Elle connaît même la famille de Célia. Le frère de Célia, Carlos, a fréquenté l'école Cousineau, et Mme Pomerleau s'informe toujours auprès de Célia

20

pour savoir s'il aime l'université.

— Bien sûr.

Célia soulève son sac à dos et s'assoit sur la chaise, serrant son sac contre sa poitrine. Mme Pomerleau se penche en avant sur son bureau et sourit.

— Je veux savoir pourquoi, *toi*, tu ne te présentes pas.

C'est l'une des choses que Célia apprécie chez la conseillère d'orientation. Mme Pomerleau ne tourne pas autour du pot; elle dit ce qu'elle pense et se montre très directe avec les gens. Pas de badinage, pas de politesses échangées pour réchauffer l'atmosphère comme avec les autres conseillers. Célia adore quand les adultes s'adressent à elle comme ils le feraient entre eux. Cela lui rappelle la façon dont *César, l'homme qui parle aux chiens*, explique aux gens pourquoi leur animal est aussi délinquant : *Non, non, non, c'est* votre *faute.*

Célia commence à débiter toutes les raisons qu'elle a réussi à inventer ce matin durant le trajet en voiture jusqu'à l'école.

— J'ai un million de raisons, madame Pomerleau. Premièrement, je n'ai pas le temps à cause de mes autres activités scolaires. Deuxièmement, Marine est mon amie, et je ne serais pas à l'aise de me présenter contre elle. Troisièmement, je ne voudrais pas que mes tâches de représentante interfèrent avec mon travail

21

scolaire. Quatrièmement, la politique m'a toujours paru corrompue...

— O.K., O.K., j'ai saisi, dit Mme Pomerleau qui lève les mains en signe de capitulation. Une fois que tu es en mode exposé oral, rien ne peut t'arrêter.

Elle croise les bras sur sa poitrine, déplaçant légèrement quelques macarons amusants épinglés à son blazer. Chaque jour elle en choisit des différents. Ils portent toujours des inscriptions bizarres parlant d'un peu n'importe quoi. *Femme d'ici* ou *Chochotte*, par exemple. Aujourd'hui, on peut lire sur les macarons du jour : *MACARON* et *IRONIE*. Elle en porte un troisième où apparaît simplement la tête d'un très vieux chien, l'un des préférés de Célia depuis longtemps.

— Si tu es venue porter ce formulaire au nom de Marine, continue Mme Pomerleau, est-ce que ça signifie que tu joueras le rôle de « directrice de campagne »?

Elle lève les bras et trace des guillemets dans les airs avec ses doigts au moment de prononcer « directrice de campagne ». Si Célia n'était pas soudain si inquiète de savoir pourquoi elle lui pose vraiment cette question, elle éclaterait de rire. Mme Pomerleau utilise beaucoup trop les guillemets aériens, et c'est bien la seule chose chez elle qui soit un peu agaçante et qui fasse un peu « maîtresse d'école ».

— Ce serait raisonnable de penser ça, en effet, bien que ce ne soit pas ce que vous pensez...

Mme Pomerleau se bouche les oreilles et chante :

— La la la, je ne t'entends pas! Je n'entends pas les excuses que tu me donnes pour expliquer pourquoi tu n'es pas candidate! La la la.

Célia s'interrompt et s'efforce de sourire. Parfois, elle se dit que Mme Pomerleau aurait bien besoin d'une conseillère, elle aussi, mais c'est pour ça qu'elle l'aime. Mme Pomerleau baisse les bras.

— J'accepte ce formulaire, ce qui fait officiellement de Marine une candidate au poste de représentant de 1re secondaire au sein du conseil des élèves. Voilà. Tu es contente?

— Très contente, répond Célia.

Elle se retient pour ne pas soupirer de soulagement.

— Eh bien, pas moi, déclare Mme Pomerleau.

C'est parti, se dit Célia, qui se félicite de ne pas avoir poussé de soupir. Mme Pomerleau est sur le point de dire qu'elle a vu clair dans le jeu de Célia et lui interdira de mettre son plan à exécution. Elle lui servira un long sermon sur la confiance en soi et sur l'importance d'être fidèle à soi-même. Puis elle ira d'une déclaration absurde voulant qu'une « nerd » à la coiffure semi-afro et aux dents de travers puisse vraiment remporter un concours de popularité. Toutes des choses que les conseillers d'orientation sont censés dire, même si Célia est persuadée qu'ils n'en croient pas un mot.

Mais au grand étonnement de Célia, Mme Pomerleau

n'est pas au courant de son plan et n'aborde même pas la question. Ce qu'elle dit est bien pire.

— Je ne suis pas contente, répète-t-elle, parce que nous n'avons que deux candidats en 1ʳᵉ secondaire, y compris Marine. Une course à deux, ça n'aura rien d'amusant, pas pour moi en tout cas. Je connais à peine l'autre élève, car il n'est pas dans les groupes dont je m'occupe.

Mme Pomerleau s'assoit sur le bord de son bureau et fronce les sourcils.

— Je regrette de ne pas pouvoir vous aider, dit Célia en toute sincérité.

— Peut-être que tu le peux. Connais-tu l'autre candidat?

Elle fait glisser un formulaire rempli sur son bureau et le fait tourner de sorte que Célia puisse le lire. Celle-ci se lève pour voir le nom sur la feuille. En le lisant, elle sent ses genoux se dérober et son cœur cogner dans sa poitrine. Consciente d'avoir écarquillé les yeux, elle se ressaisit de peur que Mme Pomerleau ne remarque sa stupeur.

— Je sais que vous êtes vraiment très nombreux en 1ʳᵉ secondaire, mais que sais-tu de Matéo Crespi, le seul adversaire de Marine jusqu'à maintenant?

Chapitre 3

— Oh non. Je vous en prie, non, murmure Célia le lendemain matin tandis que la voix du directeur retentit dans le haut-parleur.

Il conclut sa participation quotidienne aux annonces du matin, un segment qu'il appelle « Le communiqué du directeur ». Assise à son pupitre, Célia a les oreilles qui bourdonnent encore après le choc de la désastreuse nouvelle : selon le communiqué de ce mardi matin, l'élection du représentant de 1re secondaire se jouera officiellement entre deux candidats seulement : Marine et Matéo.

— C'est impossible, marmonne-t-elle en laissant tomber sa tête sur son pupitre.

La voix monotone du directeur résonne à nouveau.

— Je m'attends donc à ce que tous les élèves de 1re secondaire s'inspirent de la campagne qui vient de se terminer en 2e secondaire, et qu'ils prennent cette élection au sérieux et votent pour le candidat dont ils partagent les opinions. N'oubliez pas que les élèves de sixième année vous observent et que vous devez donner l'exemple puisque leur campagne commencera au cours des prochaines semaines. N'hésitez pas, chers élèves de l'école Cousineau, à poser des questions aux candidats quand ils visiteront vos classes la semaine prochaine. Bien entendu, chers amis, la campagne se terminera par le débat des candidats vendredi prochain, et j'espère que tous les élèves présents se comporteront de manière *respectueuse*. Et pour ceux d'entre vous qui ne sauraient pas ce que j'entends par là, je définis *respectueuse* comme suit...

C'est déjà difficile d'écouter le communiqué du directeur par une journée ordinaire (principalement à cause de cette habitude qu'il a de se rappeler à lui-même à qui il s'adresse à chaque début de phrase), mais de l'entendre expliquer dans les moindres détails le déroulement des huit jours de campagne (une campagne entre la meilleure amie de Célia — en fait, Célia elle-même — et l'Amour de sa vie depuis la cinquième année) lui noue tellement l'estomac qu'elle songe à demander un billet pour aller aux toilettes. Peut-être croiserait-elle Marine qui serait aussi bouleversée qu'elle. Elles n'ont pas le même titulaire, et bien qu'elles soient ensemble dans plusieurs cours, elles n'auront pas la chance de parler des derniers développements de la campagne avant l'heure du dîner. Célia envisage de lever la main pour demander un billet lui permettant de sortir, mais le directeur poursuit son discours, insistant encore et encore sur ce qui sera toléré ou non lors des activités scolaires. Célia conclut qu'il doit adorer réciter cette liste, car il y fait référence au moins une fois par semaine dans ses communiqués.

— ... ne pas parler à son voisin *pour quelque raison que ce soit*, ne pas quitter son siège *pour quelque raison que ce soit*, ne pas lancer d'objet *pour quelque raison que ce soit*...

Un jour, durant le trajet de retour après l'école, Célia a demandé à sa mère pourquoi le directeur était si obsédé par la discipline et l'ordre, espérant entendre une histoire abracadabrante. Peut-être qu'il a déjà été directeur de prison! Peut-être qu'il a été renvoyé de l'armée et qu'il se venge sur les élèves de l'école Cousineau! Peut-être que ses propres enfants se sont retrouvés dans un centre de détention pour mineurs! Mais ma mère a gardé les mains sur le volant et a répondu :

— Je serais stricte aussi si j'avais la responsabilité de 1 500 élèves. Plus stricte encore, probablement.

Le directeur termine enfin son communiqué, et la classe paraît étrangement silencieuse dans les secondes qui suivent. Puis le murmure des conversations reprend peu à peu autour de Célia, venant bousculer ses pensées. Célia n'a jamais dit à Marine qu'elle avait le béguin pour Matéo. Elle n'a confié son secret à personne, même pas à sa meilleure amie, parce qu'elle sait que jamais un gars cool comme Matéo ne s'intéressera à une authentique « nerd » comme elle. Ça finira par lui passer, de toute façon, alors pourquoi se ridiculiser aux yeux de sa meilleure amie, tout aussi cool que lui, d'ailleurs, en lui confiant qu'il lui plaît? C'est ce genre de raisonnement qui lui a valu la première place à l'expo-sciences, alors pourquoi ne ferait-elle pas confiance à sa logique?

Mais son faible pour Matéo n'est pas son seul problème. Étant l'un des garçons les plus drôles et les plus mignons de 1re secondaire, Matéo est populaire et a beaucoup d'amis. À vrai dire, Célia ne connaît personne qui ne sait pas qui il est, sauf Mme Pomerleau, apparemment. Il a sa place au sein de presque toutes les cliques : il décroche de petits rôles en art dramatique, il joue au basket et il a même obtenu une mention honorable à l'expo-sciences (pas pour le projet lui-même, mais pour la présentation artistique de son affiche). Tous les garçons lui adressent un signe de tête quand ils le croisent dans les couloirs. Chaque matin, Yasmine et les autres filles de sa bande lui disent salut avant la sonnerie annonçant le début des cours, et elles ne manquent pas une occasion de venir l'étreindre en se rendant à leurs casiers. Matéo se montre tout aussi aimable avec les filles moins cool, d'où son habitude de plaisanter avec Célia et avec les autres « nerds ». Jamais il n'a l'air hypocrite ou faux; il est toujours si… si… gentil. Avec presque tout le monde. C'est en partie pour ça que Célia a craqué pour lui, et c'est également la principale raison pour laquelle il sera si difficile à battre dans cette élection.

Cependant, Célia a l'impression (non, elle en a la certitude) que le tempérament cool de Matéo risque de lui nuire quand il devra s'acquitter de ses tâches de représentant de 1re secondaire. Elle le connaît assez bien pour savoir qu'il sera trop désinvolte pour prendre son travail au sérieux. Elle sait aussi qu'il a de la difficulté à prendre des décisions. Elle doit bien l'admettre, il n'est pas le plus brillant des élèves. Elle a compté quelques fautes d'orthographe en jetant un coup d'œil sur le rapport qui accompagnait l'affiche de son projet de science. Il ne s'agissait pas d'une expérience scientifique. Son projet était intitulé « Moisissures! » et consistait simplement en une collection de différentes choses recouvertes de moisissures qu'il avait collées sur une affiche de façon artistique. C'est ça, la magie de Matéo : il arrive à bien faire paraître la moisissure. Même Célia a dû donner raison aux juges qui lui ont accordé une mention honorable pour la conception artistique.

Bref, ce n'est pas parce qu'il ferait un meilleur représentant qu'elle que Célia considère Matéo comme une menace, mais plutôt parce qu'il a de meilleures chances de gagner l'élection. Toujours assise à sa place dans la classe, Célia a enfin le sentiment d'avoir pris la bonne décision en incitant Marine à devenir le visage de sa campagne. Elle sait qu'il est impossible pour elle de battre quelqu'un comme Matéo, mais puisque Marine est presque aussi populaire que lui, Célia se dit qu'elles ont encore de très bonnes chances. Le plus difficile maintenant sera de convaincre Marine.

* * *

— C'est épouvantable! C'est l'un des garçons les plus populaires de l'école! s'écrie Marine tandis qu'elles posent leurs plateaux sur la table qui leur est réservée.

À qui le dis-tu! pense Célia.

Elle avale le maïs en grains amoncelé dans un des compartiments de son plateau-repas et mastique consciencieusement. Leur table est près de celle de Yasmine et de ses cinq fidèles suiveuses. Ensemble, elles forment la clique la plus cool de l'école et se font appeler le « groupe des six ». Elles arrivent de leur période de danse. Constatant qu'elles se sont assises plus près de l'extrémité de leur table que d'habitude, Célia redouble de vigilance pour éviter d'avoir du maïs entre les dents. Précaution tout à fait inutile, car ces filles ne lui accordent jamais la moindre attention; c'est à peine si elles l'ont regardée quand elle et Marine se sont assises. Quelques-unes d'entre elles ont souri à Marine, mais sans plus.

— Je ne veux pas te faire paniquer, ajoute Marine en ouvrant son berlingot de lait au chocolat, mais je crois que je vais devoir me retirer de la course pour une raison qui n'a rien à voir avec l'élection.

Célia bondit sur son siège.

— QUOI? s'écrie-t-elle d'une voix beaucoup trop forte.

Elle renverse son propre berlingot de lait, pas encore ouvert, heureusement.

Du coin de l'œil, Célia voit Yasmine et sa bande tourner brusquement la tête vers elle. Elle se retient pour ne pas les regarder, résistant à l'envie de faire oublier son cri de surprise avec une plaisanterie douteuse ou une piètre excuse, et fait plutôt semblant de tousser. Une fois que les filles ont reporté leur attention sur leur nourriture et qu'elles rigolent à propos d'autre chose, Célia avale avec difficulté et essaie de ne pas s'étouffer avec les grains de maïs qui descendent dans sa gorge. Elle redresse son berlingot et tousse encore un peu. Puis elle parle de nouveau, moins fort cette fois.

— Qu'est-ce que tu racontes?

— Ce matin, pendant le cours d'art dramatique, Mme Caya a finalement annoncé le nom de ceux qui ont décroché un rôle dans la pièce présentée cet automne.

Célia se rappelle soudain que Marine s'inquiétait à ce sujet depuis quelques jours, depuis que Mme Caya avait fait passer une audition à tous les élèves souhaitant avoir un rôle, leur faisant lire le même vieux matériel utilisé depuis des années, en l'occurrence un stupide monologue tiré de *Grease*. Mais avec les préparatifs de la campagne qui occupent tout son esprit, Célia avait complètement oublié ça.

31

— Et? demande Célia lorsque Marine marque une pause pour faire durer le suspense.

Marine grignote sa pizza. *Depuis quand sert-on du maïs avec de la pizza?* pense Célia.

— Je l'ai eu.

Elle se penche sous la table, fouille dans son sac et en sort un épais manuscrit qu'elle tapote amoureusement.

— J'ai décroché le rôle principal! Ça fait beaucoup de répliques. Beaucoup plus que tous les rôles que j'ai eus jusqu'à présent.

— C'est formidable, dit Célia.

Elle se réjouit sincèrement pour son amie, mais sachant ce qui viendra ensuite, elle doit préparer sa contre-attaque, et vite.

Marine feuillette le script et déclare :

— Ce qui me ramène à la possibilité de devoir abandonner...

— Tu plaisantes? Cette nouvelle ne vient que confirmer ce que je disais : tu *dois* te présenter. Tu vas devenir la fille la plus populaire de l'école. Quand les gens sauront que tu as le rôle principal dans la pièce, ils auront encore plus envie de voter pour toi. Comment peux-tu même songer à renoncer?

Elle prend son propre morceau de pizza et en mâchonne le tour, guettant la réaction de Marine. Elle est très contente d'avoir réagi aussi rapidement et d'avoir fait valoir un argument qui l'a convaincue elle-même. Elle avale une bouchée de fromage et de sauce, et voit Marine faire la même chose.

— Mais, Célia, comment vais-je trouver le temps d'apprendre mes répliques, de me présenter aux répétitions et de tout préparer pour la campagne? Au fond, je devrai aussi mémoriser des répliques en tant que représentante de 1re secondaire. C'est comme jouer dans deux pièces, et il y a des limites à la quantité d'informations que mon cerveau peut absorber!

Marine saisit sa cuillère-fourchette et commence à remuer frénétiquement sa nourriture.

— Qu'est-ce que je t'ai dit quand je t'ai demandé de te présenter, Marine? Je t'ai dit que j'allais faire tout le travail, n'est-ce pas? Alors, arrête de te faire autant de souci. Tu vas vaincre Matéo, et je ferai tout pour te faciliter la tâche. Tu as tellement de talent, je suis certaine que tu sauras relever le défi et jouer les deux rôles avec brio. Imagine que tu joues dans DEUX pièces à succès de Broadway!

Marine prend un air songeur, soupesant l'argument de Célia. Elle hausse les épaules et prend une bouchée de maïs.

— Mais n'oublie pas ta promesse de...

— ... rester avec toi en tout temps. C'est promis, déclare Célia.

Marine lui sourit. Elle a de la nourriture coincée

entre deux incisives. Célia pointe le doigt vers ses propres dents, et Marine comprend aussitôt le message. Elle fait glisser sa langue sur ses dents en faisant un bruit de succion.

— De plus, ajoute Célia, tu ne peux pas abandonner maintenant, parce que ça donnerait automatiquement la victoire à Matéo. Bonjour, la démocratie!

— Pourquoi prends-tu ce drôle d'air? demande Marine en riant.

Le morceau de maïs n'est plus là.

— Et pourquoi fais-tu ça avec tes cheveux? poursuit-elle.

— Faire quoi?

Ce n'est qu'à ce moment-là que Célia remarque qu'elle tortille une boucle de cheveux à la base de son cou. *Quand ai-je commencé à faire ça?*

— Tu as commencé à tortiller tes cheveux la première fois que tu as prononcé le nom de Matéo, répond Marine en lisant dans ses pensées.

Oh non, est-ce que Marine peut lire dans mes pensées?

Célia s'assoit sur sa main et commence à parler, trop vite d'ailleurs.

— Quoi? C'est étrange. Je ne sais pas pourquoi je fais ça. C'est vraiment curieux. De toute façon, ne parlons plus de... Hé, depuis quand sert-on du maïs avec de la pizza, dis-moi? C'est n'importe quoi!

Marine se redresse et s'exclame :

— Oh non. Il te *plaît*, c'est ça?

Elle peut *lire dans mes pensées!*

— Q-qui? demande Célia en bégayant. Oh, Matéo? Oh, pas du tout. Pas *du* tout. Ce n'est pas un gars pour moi. Il aime trop plaisanter. Et ses cheveux sont ridicules.

— Quoi? C'est à peine s'il en a. Il les rase presque complètement, répond Marine.

— Oui, mais ils étaient plus longs en sixième année et ça lui allait mieux. Maintenant, il a l'air stupide, dit Célia sans vraiment croire à ce qu'elle dit, mais elle cherche désespérément à éviter d'être démasquée. Et il... il est vraiment trop simple. Enfin, pas vraiment, mais ce n'est pas mon genre. Il n'a aucune opinion sur quoi que ce soit. Les gens le trouvent gentil à cause de ça, mais en fait il est sans intérêt. Il n'a pas d'idées. Comment quelqu'un qui n'a presque jamais d'idées pourrait-il me plaire, dis-moi?

Marine reste silencieuse, elle réfléchit, puis répond :

— Tu as peut-être raison, mais je ne suis pas certaine d'être tout à fait d'accord avec toi. Je trouve que Matéo est un garçon sympathique, très charmant en plus. Pourtant, je comprends que tu ne l'aimes pas beaucoup. Il n'est pas du tout comme toi. Vous êtes... *très* différents.

Célia croise les bras sur sa poitrine. Peut-être que Marine ne sait pas lire dans les pensées, après tout.

— Ne te fâche pas, continue Marine. Ce que j'essaie

de dire, c'est que je ne pense pas qu'il ferait un bon représentant. C'est pourquoi tu... enfin, c'est pourquoi je dois demeurer dans la course.

Ouf, pense Célia.

Elle décroise les bras et réplique :

— Exactement.

— Et puisque tu es ma directrice de campagne officielle, reprend Marine, je crois qu'il faut que tu saches que Matéo et son acolyte, Raoul, installés à leur table là-bas, n'ont pas cessé de nous observer durant toute l'heure du dîner.

Célia est sur le point de se retourner sur son siège, mais Marine lui agrippe le poignet.

— Non, ne regarde pas! Je crois que Matéo vient par ici.

Célia sent ses mains devenir moites et s'assoit dessus de nouveau.

— Qu'est-ce qu'on fait? demande-t-elle.

Marine la considère en levant un sourcil.

— Toute une directrice de campagne! Moi, je vais à mon casier porter ce poids lourd avant le prochain cours.

Elle prend le manuscrit et le laisse tomber bruyamment au fond de son sac.

— Toi, tu finis de manger et tu me diras s'il a raconté quoi que ce soit d'intéressant. Tu peux le saluer de ma part, si tu veux.

Elle balance son sac sur son épaule et ramasse son plateau.

— Bonne chance, souffle-t-elle avant d'aller faire la file devant la poubelle.

Quelques secondes plus tard, la voix de Matéo retentit derrière elle.

— Célia! Exactement la personne que je voulais voir.

Elle remarque qu'il a dit « la personne » et non « la fille », une autre preuve scientifique qu'il la voit juste comme une amie. Elle pousse un soupir de soulagement en songeant qu'elle n'a pas révélé son secret à Marine.

— Tu ne m'as pas assez vue hier matin? demande-t-elle. Serais-tu masochiste?

Encore une fois, il y a un moment de gêne. Matéo cligne des yeux.

— Elle est bonne celle-là, dit-il.

— Un masochiste est quelqu'un qui aime souffrir, précise-t-elle.

— Je sais.

Il jette un coup d'œil sur la moitié de pizza qui reste sur le plateau de Célia.

— On peut dire aussi que ceux qui mangent à la cafétéria sont masochistes.

Elle fait semblant de le trouver drôle.

— En fait, je t'ai vue parler à l'ennemi il y a une minute, déclare Matéo.

— Je dirais plutôt que je lui parle en ce moment même, plaisante-t-elle à son tour.

— Oh, donc c'est *moi* l'ennemi?

Il hausse les sourcils, et Célia tombe pratiquement du banc.

— Eh bien, l'ennemi veut discuter de quelque chose avec toi, ajoute-t-il.

Il lui touche le bras du doigt et le laisse là pendant une seconde.

— Est-ce qu'on peut se rejoindre quelque part après l'école? Je pourrais te raccompagner chez toi.

Célia essaie de ne pas s'énerver. Matéo veut *discuter*. Avec *elle*. À l'extérieur de l'école. Il lui a touché le bras *sans raison*. Il veut la *raccompagner* chez elle! Tout cela constitue une nouvelle preuve, une preuve suggérant une hypothèse différente : peut-être qu'il la considère vraiment comme une fille qu'il pourrait aimer. En un mot, c'est un miracle.

— Euh, bien sûr. Ce serait chouette.

Elle fait la grimace. *Chouette?*

— Je veux dire, super. Enfin, cool…

— Ça va, j'ai saisi, dit Matéo en riant.

Il se penche en arrière et fronce les sourcils.

— Tu ne me considères plus comme l'ennemi maintenant, n'est-ce pas?

— Bien sûr que non, Mat. Tu es… tu es super.

Elle ne peut pas croire qu'elle vient de dire ça. Plus incroyable encore, Matéo a rougi. Il fixe ses chaussures et marmonne qu'il n'est pas si formidable que ça. Célia s'empresse d'ajouter :

— Sauf que... attends. Je ne rentre pas chez moi à pied. Ma mère vient me chercher à la bibliothèque municipale, à quelques pâtés de maisons d'ici. Ça te va? Enfin, elle a dit quelque chose de gentil, un brin enjôleur, sans sous-entendu railleur.

— Parfait. Rendez-vous à l'entrée principale, près de l'arbre.

— De quel arbre peut-il bien s'agir, ironise-t-elle, parmi les dizaines qui se trouvent sur le terrain de l'école?

Bon, disons qu'elle a *presque* réussi à laisser tomber les railleries, c'est déjà ça.

Matéo rit.

— Près du tout petit arbre, à droite de la porte principale.

Il fait un geste pour les situer à la droite d'une porte imaginaire se dressant entre eux.

— O.K. Alors, à tout à l'heure.

Elle hausse les épaules et, dans un effort pour avoir l'air désinvolte, s'accoude sur la table. Elle sent les grains de maïs qui restaient dans le compartiment s'écrabouiller sous son coude. Elle y jette un regard et laisser échapper un hoquet de stupeur.

— Tu es tellement drôle, Célia.

Matéo rigole lorsqu'il tourne les talons, mais ce n'est pas méchant. Célia se dit qu'elle ferait mieux de rire aussi et, au bout d'une seconde, le maïs écrasé sur son coude lui paraît effectivement amusant.

— À plus.

Matéo se dirige vers Raoul qui l'attend à leur table, et les deux garçons quittent la cafétéria.

Il l'a appelée *Célia*. Il a dit qu'elle était drôle, et il a ri *avec* elle, et non *d'elle*. Marine a fait remarquer qu'il l'avait observée tout au long du dîner. Puis il y a eu ce moment où il a rougi, ce qui ne lui ressemble tellement pas. Ses conclusions initiales étaient-elles erronées? Serait-il vraiment possible qu'un garçon comme Matéo ait le béguin pour une fille comme elle?

Voilà des preuves contradictoires, pense Célia en essuyant son coude avec une serviette en papier. Quelques observations supplémentaires seront nécessaires pour venir détruire ou encourager ce nouvel espoir qui vient de naître dans sa tête. Encore quelques heures de cours, et elle aura l'occasion de se prêter à cette expérience décisive.

40

Chapitre 4

Cet après-midi-là, Célia attend à l'extérieur de l'école près de l'arbre en question, l'estomac noué. Les feuilles des plus grands arbres s'agitent au-dessus d'elle dans la brise. Elle a tenté de s'appuyer contre le tronc pour avoir l'air calme et décontractée, mais il est si petit qu'elle l'a senti céder légèrement sous son poids; il lui a suffi d'imaginer l'arbre craquant ou s'étendant de tout son long pour se redresser vivement. Elle a laissé tomber son sac à dos sur la pelouse et attend.

À la quatrième période, alors qu'elle avait réussi à chasser de son esprit son rendez-vous avec Matéo, Marine lui a glissé une note durant le cours de maths : *Il s'est passé qqchose d'intéressant?* Célia a répondu : *Avec Mat? Pas de danger.* Sa nervosité s'était aussitôt envolée, mais maintenant qu'elle se retrouve plantée là, toute seule, à côté d'un arbre pas très solide ni visible, elle sent la nervosité la gagner.

Elle s'efforce de respirer par le nez, ayant lu quelque

part que le travail de filtration effectué par les poils du nez avait un effet calmant sur les humains. Elle respire lentement et profondément, mais ça ne semble pas très efficace.

D'autres élèves sortent par les grandes portes l'un après l'autre, certains se hâtant de rejoindre les files devant les autobus qui attendent de les ramener chez eux. Quelques-uns la saluent de la main, l'air perplexe, comme s'ils se demandaient pourquoi elle n'est pas pressée de quitter l'édifice où ils ont été gardés en captivité durant toute la journée. Des coups de klaxon retentissent dans la rue, les parents indiquant à leurs enfants de courir vers la voiture afin qu'ils puissent éviter la pagaille qui règne dans le stationnement. C'est pour cette raison que sa mère vient toujours la chercher à la bibliothèque au coin de la rue; cela lui permet de rester un peu plus longtemps au travail tout en échappant à la folie de la sortie des classes. Quant à Célia, elle profite de cette demi-heure pour se détendre dans l'un de ses endroits préférés du quartier, appréciant le calme et les murs tapissés de livres de la bibliothèque. À vrai dire, le simple fait de penser à la bibliothèque semble l'apaiser davantage que de respirer par le nez, et elle se concentre donc là-dessus. Elle songe au grand bureau à l'accueil, au bruit des pages qu'on tourne, à sa table de travail porte-bonheur près de l'entrée, là où elle a eu l'idée de son projet de science l'an dernier.

— Je vois que tu as trouvé mon arbre, dit une voix derrière elle.

C'est Matéo. Il pousse le tronc à deux mains, et ils regardent le petit arbre se balancer.

— Étonnant, non? Il survit même aux vents les plus forts grâce à sa flexibilité.

Elle n'avait pas vu les choses sous cet angle et le lui dit. Il lui décoche un grand sourire.

— Allons-y, et voyons s'il y a autre chose que tu n'as pas vu sous un certain angle.

Elle sent son visage s'enflammer. Matéo glisse ses pouces sous les bretelles de son sac à dos et pivote sur ses talons. Célia est soulagée qu'il ne l'ait pas vue rougir.

Matéo ne propose pas de porter son sac à dos, et c'est très bien comme ça. *On n'est quand même pas dans les années 50,* pense-t-elle. De plus, ce serait trop évident qu'il a un faible pour elle; si c'est le cas, il se montrera plus subtil. Tandis qu'ils s'éloignent de l'école, elle écoute le bruit de leurs pas traînants et regarde les chaussures de sport de Matéo glisser sur le trottoir.

Lorsqu'ils atteignent le passage piétonnier à l'intersection, ils marchent d'un même pas. Célia se demande ce que les autres peuvent bien penser en les voyant : *Tiens, voilà Matéo avec cette « nerd »?* Ou peut-être : *Célia et Matéo sortent ensemble? Comment est-ce possible?* Elle se demande si certains peuvent se dire :

43

Regardez Matéo et Célia, ils forment un beau couple, non? Est-ce que c'est vraiment une chose totalement absurde et impossible? Puis les paroles de Marine lui reviennent à l'esprit : *tu te préoccupes trop de ce que les autres pensent.* Elle lève les yeux et commence à marcher un peu plus vite, mais Matéo parvient à suivre le rythme.

Ils passent devant le magasin où certains vont acheter des bonbons et des croustilles le matin avant l'école, et où les élèves qui sèchent les cours se retrouvent parfois.

— Tu veux quelque chose au magasin? demande Matéo. Mon frère m'a dit que c'est là qu'on trouve la meilleure machine à barbotine en ville.

— Ton frère est testeur de machines à barbotine? demande Célia à la blague.

Matéo sourit de nouveau.

— Tu sais, tu es l'une des filles les plus brillantes de notre école. Et tu es vraiment cool aussi.

Elle lui jette un regard et, avant d'avoir pu réfléchir à ce qu'elle devrait répondre, elle laisse libre cours à sa réaction par défaut.

— O.K., Mat, qu'est-ce que tu complotes?

Il se met à rire.

— Tu vois, tu *es* brillante.

Célia sent ses espoirs s'évanouir. Elle a dit ça pour rire. Elle ne pensait pas vraiment qu'il la complimentait seulement parce qu'il avait un service à lui demander. Elle aperçoit l'édifice de la bibliothèque à quelques pâtés de maisons de là; soudain, elle voudrait que leur petite promenade soit déjà terminée.

— À vrai dire, commence Matéo, on a été surpris, Raoul et moi, que tu ne poses pas ta candidature comme représentante de 1re secondaire.

Célia inspire brusquement puis retient son souffle, prenant soin de garder les yeux fixés sur la bibliothèque devant eux et de ne pas regarder Matéo. Et s'il voyait clair en elle et qu'il devinait ses intentions? A-t-elle sous-estimé sa perspicacité?

— Mais puisque tu n'es pas dans la course, continue-t-il, je me suis dit que j'aurais bien besoin de ton aide. Ça te plairait d'être ma directrice de campagne?

Célia recommence à respirer, soulagée de constater que Matéo est simplement... Matéo. Mais tout à coup, elle réalise une chose : c'est maintenant évident qu'il ne voit en elle qu'une amie. *Oh non,* se dit-elle. Elle se sent stupide d'avoir cru qu'il pouvait la considérer comme plus que ça.

Mais le fait de travailler avec lui durant sa campagne leur donnerait l'occasion de se rapprocher. Peut-être qu'il apprendrait à mieux la connaître. Peut-être qu'il l'aimerait plus qu'une simple amie quand il constaterait qu'elle a des idées géniales et qu'il verrait à quel point elle peut être intelligente, drôle et utile. Elle s'imagine avec lui dans le salon, chez elle, travaillant sur les affiches de campagne, lui la complimentant sur sa belle écriture, sa mère à elle l'invitant à rester souper pour goûter son *arroz con pollo*. *C'est le plat que je préfère*, dirait-il; quand sa mère aurait quitté la pièce, il lui ferait un clin d'œil en lui passant un marqueur.

Ce serait l'occasion rêvée pour elle de passer d'*amie* à *petite amie*. Et pourtant, elle va devoir dire non, en plus de devoir trouver une excuse qui paraisse plausible.

— Célia? La Terre appelle Célia? Allô? Qu'en dis-tu? Tu acceptes, oui ou non?

La voix de Matéo semble lui parvenir de loin; mais subitement, elle est de retour sur le trottoir, la bibliothèque se dressant juste devant eux de l'autre côté de la rue. C'est comme si tout s'effondrait autour d'elle quand elle prend conscience de ce qu'elle s'apprête à dire. Elle regarde Matéo et le voit froncer les sourcils.

— Tu ne vas pas refuser, quand même?

— Je ne peux pas t'aider, Mat. Je suis sincèrement désolée.

— Quoi?! Pourquoi pas?

Il paraît réellement blessé. Célia se dit alors que si elle n'avait pas passé toute l'heure du dîner à convaincre Marine de rester dans la course, elle aurait pu être tentée de faire marche arrière, elle aussi. Mais elle ne peut pas se défiler, pas après la promesse qu'elle a faite à Marine.

Matéo fronce les sourcils encore davantage.

— Tu n'aides pas Marine, n'est-ce pas?

Son cœur se met à battre plus fort. Et s'il découvrait son plan *maintenant*? En refusant de l'aider, elle a bel et bien éveillé ses soupçons; elle connaît le langage de ses sourcils. Elle doit dire non à Matéo sans trop en dire sur « l'aide » qu'elle fournira à Marine. Elle doit trouver le moyen de le distraire pour éviter qu'il pose trop de questions.

— Mat, j'aimerais beaucoup, *beaucoup* t'aider. Mais je ne peux pas parce que j'ai promis à Marine de lui donner un petit coup de main avec sa campagne.

— Oh, allez, dit Matéo en lui tapant doucement l'épaule. À partir de maintenant, tu n'as qu'à cesser de l'aider et à travailler avec moi. Tu ne penses pas que j'ai de bonnes chances de gagner?

— En fait, oui, je le pense, répond-elle en toute sincérité. Je crois que tu as de bonnes chances.

C'est une partie de mon problème.

— Alors, explique-moi pourquoi tu ne peux pas laisser tomber la campagne de Marina et venir m'aider! Toi et moi, ensemble, on fera un duo du tonnerre!

Elle tente d'ignorer les mots *toi et moi*, car l'hyperventilation la guette. La logique de Matéo est parfaite. Elle doit trouver une meilleure excuse, et vite.

— Je ne peux pas t'aider parce que... parce que je pense que Marine a peut-être un béguin pour toi, et je ne veux pas qu'elle soit furieuse contre moi ni qu'elle pense que j'agis dans son dos. *Mais qu'est-ce que je suis en train de raconter là?*

— Si je me mets à passer plus de temps avec toi, elle pourrait devenir jalouse. *Je suis folle ou quoi? Oui, c'est ça, je suis folle.*

— Marine a le béguin pour moi? Vraiment? demande Matéo d'un ton surpris.

Une mouette pousse un cri au-dessus de leurs têtes, et au moins une dizaine d'autres lui répondent en gloussant.

— Oh, fait Matéo au bout d'une seconde.

La situation dérape très vite, et voilà qu'ils sont presque arrivés. Célia s'arrête au coin de la rue devant la bibliothèque et se tourne pour faire face à Matéo, glissant légèrement en mode exposé oral.

— J'ai dit qu'elle a *peut-être* un béguin pour toi. Un gros *peut-être.* Je n'en suis pas absolument certaine. Tu sais comment sont les élèves d'art dramatique... Difficiles à déchiffrer.

Une Buick modifiée vert fluo dont les haut-parleurs crachent un *remix* passe près d'eux dans la rue, et s'arrête au feu rouge. Le conducteur, un gars qui paraît à peine assez âgé pour avoir son permis de conduire, les observe par la vitre durant un instant avant de reporter son regard devant lui. Il monte le volume de la radio, et sa voiture se met à vibrer encore plus. Célia est impatiente de se retrouver à l'intérieur de la bibliothèque, loin de Matéo et de la Buick, et de s'envelopper du silence apaisant.

Le feu passe au vert et la Buick s'éloigne.

— Marine est jolie, mais je ne la connais pas très bien.

— Sérieusement, tu ne comprends pas ce que le mot « peut-être » signifie? Je n'ai fait qu'avancer une hypothèse en disant que tu lui plaisais.

— J'ai seulement dit qu'elle était jolie. Je l'ai remarquée à l'école, dans les pièces de théâtre et...

Célia ne peut pas supporter d'en entendre davantage. Elle s'éloigne d'un pas lourd en direction de la bibliothèque. Matéo la suit.

— Hé, pourquoi es-tu fâchée? C'est *moi* qui devrais me sentir rejeté!

Célia virevolte.

— Je regrette de t'avoir parlé de Marine. Je t'en prie, oublie ce que j'ai dit, d'accord?

Matéo hoche la tête. Ils restent là à écouter le trafic. Des radios bourdonnent et des moteurs grondent.

— Et je suis vraiment navrée de ne pouvoir être ta directrice de campagne, Mat. Tu ne peux pas savoir à quel point.

— Oui, je sais. Marine est ton amie, je comprends.

49

Il lui adresse un pâle sourire et regarde par-dessus son épaule en direction de l'école.

— Je vais retourner chercher mon vélo et rentrer chez moi. Toi, tu vas attendre ta mère?

Célia hausse les épaules.

— Oui, elle sera bientôt là.

— Super.

Il s'éloigne de quelques pas et demande :

— Tu vas parler à Marine tout à l'heure?

Elle sent son cœur se serrer.

— Peut-être. Probablement.

— Salue-la de ma part, O.K.?

— O.K.

Tu peux toujours rêver.

Matéo fixe ses pieds et creuse dans le gravier avec le bout de sa chaussure.

— Et dis-lui que je suis désolé.

Célia change d'épaule son sac à dos soudain très lourd.

— Désolé de quoi?

— De devoir la battre à l'élection. Ce sera difficile de perdre par autant de votes contre un gars pour qui elle a le béguin. Navré, pour qui elle a *peut-être* le béguin.

— Je t'ai demandé d'oublier que j'ai dit ça!

Matéo glisse ses pouces sous les bretelles de son sac à dos et se tord de rire. Il se retourne et s'éloigne en trottant, lui adressant un signe de la main par-dessus son épaule.

— Célia, tu es tordante! lance-t-il alors qu'elle se tient devant les portes vitrées de la bibliothèque.

Une fois qu'il a traversé la rue, elle l'entend siffloter une chanson qu'elle ne reconnaît pas.

Elle entre dans la bibliothèque où elle est accueillie par le silence et l'odeur de ses vieux livres adorés. Sa table porte-bonheur, là où elle travaille toujours le mieux, est libre. Mat croit vraiment qu'il va gagner, hein? *C'est ce qu'on va voir.* Elle marche vers la table d'un pas décidé et sort un stylo de la poche avant de son sac à dos, une foule d'idées se bousculent déjà dans sa tête.

Chapitre 5

— Tu as une écriture magnifique, Célia, dit Marine. Même si le compliment ne vient pas de Matéo, comme elle l'avait imaginé alors qu'ils marchaient vers la bibliothèque il y a deux jours, c'est quand même agréable à entendre. Célia n'a rien dit à Marine des événements de cet après-midi-là. Elle juge inutile de l'inquiéter davantage à propos de la campagne et des plans de Matéo, et elle n'a aucune envie de lui expliquer qu'elle a empêché Mat de découvrir la vérité en insinuant que Marine, et non Célia, avait un faible pour lui.

C'est jeudi après-midi, donc encore au début de la la campagne, et elles sont allongées sur le plancher du salon chez Célia, fabriquant tout un lot d'affiches. Entourées de piles de cartons, de pots de crayons de couleur et de marqueurs ainsi que de feuilles de papier, les deux filles prennent une longueur d'avance sur Matéo. Célia a eu vent d'une rumeur selon laquelle il utilisera l'ordinateur de Raoul pendant la fin de semaine pour préparer ses affiches (Raoul semble donner un sérieux coup de main à Mat depuis que Célia a refusé son offre); le plan de Célia consiste donc à placarder les affiches de Marine avant la fin de la semaine. Comme ça, elles bénéficieront de quelques jours sans publicité concurrente. En outre, un candidat n'a pas le droit de cacher les affiches d'un adversaire avec les siennes, ce qui signifie que plus elles colleront d'affiches, plus elles pourront s'approprier l'espace sur les murs de l'école.

Marine s'affaire à colorer le *M* de son prénom avec un surligneur jaune fluo. Pour faire « ressortir ton nom » avait dit Célia en lui faisant la suggestion.

— C'est joli! dit Marine qui se lève et recule pour mieux admirer l'affiche.

— Le jaune fluo fait le travail, observe Célia.

Elle jette un coup d'œil vers la cuisine, puis chuchote :

— Mais ç'aurait été encore plus beau avec les paillettes dorées.

Célia a profité du fait qu'elle compte parmi les élèves préférés des enseignants pour convaincre son prof d'arts plastiques de lui prêter le gros contenant de paillettes dorées qui se trouve dans l'armoire de réserve. Après avoir prononcé un discours persuasif portant sur le rôle des arts en politique, et après avoir fait une petite digression au sujet de l'usage des paillettes dans l'histoire de l'humanité, elle lui a promis de ne pas utiliser tout le contenu, mais juste ce qu'il faut pour ajouter une touche de brillance. L'enseignant lui a remis le contenant à la fin de la journée.

— Bonne chance et bon vent, petite déesse des paillettes !

Mais lorsque la mère de Célia est arrivée à la bibliothèque et qu'elle a vu combien de minuscules particules d'or avaient déjà réussi à s'échapper du contenant et à migrer sur les mains et le visage de Célia (de même que sur son sac à dos, son jean, son t-shirt, ses chaussures et ses cheveux), elle a déclaré :

— Il n'est pas question que tu utilises ça dans ma maison. Je ne vais pas passer le reste de mes jours à passer l'aspirateur. Et boucle ta ceinture.

Célia a alors tenté de reprendre le même discours au profit de sa mère, mais celle-ci a levé une main derrière le volant.

— Non, tu ne me convaincras pas. Pas de paillettes. Point final.

Célia a tout de suite compris qu'il était inutile de discuter.

Marine hausse les épaules.

— Ça ne fait rien, dit-elle à voix basse. Ça ira comme ça. Et c'est vrai que c'est l'enfer de se débarrasser de ces paillettes.

Elle jette un coup d'œil sur les paumes de ses mains et les montre à Célia. Celle-ci y remarque quelques points scintillants, bien que Marine n'ait même pas touché le contenant de paillettes.

— Je ne peux pas croire que Matéo fera ses affiches à l'ordinateur, dit Célia au bout de quelques secondes.

Elle se rend compte qu'elle appuie un peu trop fort sur le marqueur, et y va plus doucement pour éviter de percer le papier accidentellement.

— Quoi... tu ne les ferais pas à l'ordi si tu le pouvais?

La famille de Marine possède un ordinateur, mais plus d'imprimante. Ses parents l'ont donnée à sa sœur aînée qui vient de commencer le cégep, et ils économisent en vue d'en acheter une autre. Célia, de son côté, utilise les ordinateurs de la bibliothèque; mais les bibliothécaires ont beau l'aimer, il est hors de question qu'elle imprime autant de pages. Célia et son frère, Carlos, ont déjà convenu de demander un ordinateur pour Noël; comme l'entreprise de toitures de leur père va bien jusqu'à maintenant, il semble bien qu'ils l'auront. Quand elle songe à quel point les affiches de Matéo paraîtront chics et professionnelles en comparaison des siennes, Célia regrette qu'on ne soit pas déjà fin décembre.

— On n'a pas besoin de la technologie. Les gens remarqueront l'effort qu'on a mis dans la réalisation de ces affiches. Ils sauront que c'est important pour toi et te verront dans chacune d'elles. Ça signifie beaucoup plus de les faire à la main que de simplement cliquer

55

sur « imprimer 100 copies » ou je ne sais trop, dit Célia.

— Quoi? Il faut en faire 100? demande Marine d'un ton plaintif.

Elle promène son regard sur la dizaine d'affiches déjà terminées et fait la grimace comme si elle allait pleurer.

— Il faut bientôt que je rentre!

— Pour quoi faire? Je croyais que ta mère avait dit que tu pouvais souper ici ce soir, réplique Célia.

— C'est vrai, mais il faut que j'aille mémoriser mes répliques pour la pièce. On est censés les savoir par cœur pour lundi, et au rythme où j'avance, jamais je n'y arriverai.

Elle regarde autour d'elle à la recherche de son sac, jetant un coup d'œil sous une grande affiche sur laquelle on peut lire : Marine REP.

— Mais tu as toute la fin de semaine pour faire ça, proteste Célia en remettant le capuchon sur un marqueur bleu.

— C'est ce que je me disais aussi, mais on a répété les premières scènes aujourd'hui, et plusieurs personnes déjà n'ont même plus besoin de lire le manuscrit. En plus, ma doublure, Sammie, se vantait à Mme Caya d'avoir déjà appris toutes les répliques. *Mes* répliques, en fait.

Elle croise les bras et penche la tête.

— Comment est-elle parvenue à faire ça en... quoi, deux, trois jours? Je te parie que cette fille cherche à me voler mon rôle. Elle a réussi à semer le doute dans l'esprit de Mme Caya, qui croit maintenant que toute cette campagne nuira à ma concentration.

— Mais tu sais que ça n'arrivera pas. Arrête de paniquer.

Célia se lève et pose ses mains sur les épaules de Marine, les yeux brillants d'excitation.

— Il faut que je te parle de ma plus récente trouvaille pour la campagne : des étiquettes.

— Des étiquettes? Comme sur les vêtements?

Elles se rassoient par terre parmi tout le matériel de dessin.

— Si tu veux, mais je pensais plutôt à des étiquettes comme celles qu'on colle sur les dossiers ou les enveloppes.

— Je ne te suis pas, dit Marine en s'emparant d'un marqueur égaré sous sa jambe.

— C'est simple : on prend des étiquettes vierges qu'on décore pour en faire des autocollants, explique Célia. J'ai vu un ensemble d'autocollants à la papeterie, mais ça coûterait moins cher d'acheter des étiquettes. On pourrait en garder plusieurs feuilles dans nos cahiers de notes et les distribuer aux élèves dès que l'occasion se présente.

— Il va falloir faire des autocollants maintenant? En plus de fabriquer une centaine d'affiches? Sérieusement?

C'est à peine si Célia l'entend.

— Aussi, à propos des visites dans les classes la

semaine prochaine, j'ai pensé qu'il nous faudrait une sorte de tableau de présentation résumant nos idées. Je pourrais m'occuper de le transporter. Les gens ont tendance à être plus attentifs quand ils peuvent se concentrer visuellement sur quelque chose. En plus, le tableau me servira de prétexte pour faire la tournée des classes avec toi.

— Ça alors, fait Marine en roulant les yeux.

— Sinon, on pourrait opter pour des feuillets ou encore des papillons... Oh! Ou peut-être des petites cartes pour éviter de gaspiller du papier, ce qui nous permettrait de te présenter comme la candidate respectueuse de l'environnement.

Célia fouille autour d'elle pour trouver un bout de papier sur lequel griffonner ses idées avant de les oublier. Les feuilles de papier semblent danser dans les airs tandis qu'elle les jette par-dessus son épaule pour en trouver une vierge.

— On pourrait monter un sketch pour nous présenter au début de chaque visite, ou encore faire une séance d'impro durant l'heure du dîner et...

— Tu vois trop grand. Pourquoi ne pas faire les choses simplement? demande Marine dans un soupir.

— Du calme! C'est moi qui m'occuperai en majeure partie de la conception et de la préparation de tout ça. Il te suffira de savoir quoi dire aux gens.

— Mais je ne sais *pas* quoi leur dire!

Célia trouve une feuille blanche et l'élève devant elle.

— Tu le sauras bientôt. Je t'écris un manuscrit.

— O.K., ça suffit, dit Marine qui se relève en s'époussetant les mains et les genoux. Deux manuscrits dans une seule fin de semaine? Tu me prends pour qui, Natalie Portman? C'est toi qui es destinée à aller à Harvard un jour, pas moi.

— Le problème avec toi, c'est que tu anticipes trop. Concentre-toi sur une réplique à la fois. Tu peux y arriver, Marine. Et qui est Natalie Portman, déjà?

— Comment peux-tu ne pas te souvenir d'elle? C'est celle qui jouait le rôle de la reine Amidala dans les films de *La guerre des étoiles*. Sur quelle planète vis-tu? Après tout, ce ne sont que quelques-uns des films ayant généré les plus grosses recettes de tous les temps! Au fait, la reine Amidala s'est retrouvée à Harvard parce qu'elle est aussi une sorte de super génie en plus d'être une actrice célèbre.

Marine rejette ses cheveux par-dessus son épaule et met les mains sur ses hanches.

Célia continue à prendre des notes tout en marmonnant devant sa feuille.

— La réputation d'Harvard est surfaite, de toute manière, souligne-t-elle. Je n'y ferai même pas de demande d'admission.

Marine fait claquer sa langue.

— Regarde qui voit trop loin maintenant.

— Et « manuscrit » n'est pas le mot juste, ajoute Célia en levant la tête vers Marine. Disons que je t'écris des « points de discussion ».

— Des points de discussion. Très bien. De toute façon, je ferais mieux d'y aller.

Marine balance son sac sur son dos, replace ses cheveux derrière ses oreilles et croise les bras sur sa poitrine. Ses yeux sombres se posent tour à tour sur Célia et sur la porte d'entrée.

Célia sent une vague de panique monter en elle. Manifestement, à cause des répétitions de la pièce, Marine commence à douter de ses capacités à suivre le plan jusqu'au bout. Le cœur de Célia se serre à l'idée que Marine abandonne carrément le projet.

— Écoute, nous avons toute la fin de semaine pour répéter, lui rappelle Célia. Et je serai juste à côté de toi quand nous visiterons les classes pour répondre à toute question qui t'embêterait.

Marine a toujours l'air préoccupée. Elle se dirige lentement vers la porte, cherchant, justement, une porte de sortie.

Célia songe à sa promenade avec Matéo jusqu'à la bibliothèque et à la façon dont elle s'est sortie d'embarras en inventant ce mensonge sorti de nulle part à propos de Marine. En un clin d'œil, elle bondit sur ses pieds et lâche :

— Mais on n'a même pas encore parlé de Matéo!

Elle tient ses notes dans sa main, l'encre du marqueur lui barbouillant le pouce et l'index, et attend la réaction de Marine, guettant un signe qu'elle a réussi à la faire rester.

En prononçant le nom de Matéo, Célia a vu l'expression de Marine changer l'espace d'une seconde. Quelque chose dans ses yeux, ou peut-être un léger tic des lèvres. Mais ce fut tellement bref que Célia se demande si elle a bien vu. Il faut dire que Marine est une bonne actrice.

— Matéo? demande Marine. Qu'est-ce qu'il a fait?

Célia guette ce quelque chose à nouveau, mais il a bel et bien disparu.

— Rien de particulier, répond-elle. Je voulais qu'on discute de sa campagne jusqu'à maintenant, et de la stratégie qu'on adoptera pour le déstabiliser.

— Pourquoi faut-il le déstabiliser? demande Marine en fronçant ses sourcils minces.

— C'est ton adversaire. C'est l'ennemi. Nous devons être dures envers lui et toute sa campagne, pas méchantes, mais dures, c'est certain.

Marine se balance d'un pied sur l'autre et enlève son sac de sur ses épaules. Elle le laisse tomber sur le plancher avec un bruit sourd, et Célia s'apprête à pousser un soupir de soulagement. Mais avant qu'elle en ait eu l'occasion, Marine déclare :

— Mais il est gentil. Et tu sais quoi? Je le trouve cool. Depuis toujours.

C'est maintenant au tour de Célia d'avoir envie de s'enfuir. Elle serre ses notes encore plus fort dans sa main, puis s'inquiète que ses jointures blanches trahissent son propre béguin pour Matéo. Mais tandis qu'elle reste plantée là et que Marine la regarde droit dans les yeux, elle a un nouveau souci : et si le mensonge qu'elle a raconté à Matéo n'en était pas un? Si Marine avait *vraiment* un faible pour Mat? Qu'est-ce que ça changerait à la campagne, et qu'est-ce que ça changerait à leur amitié? Dans son esprit, Célia voit Marine et Matéo rentrant chez eux main dans la main; Marine et Matéo dansant ensemble à la soirée du quinzième anniversaire de Marine; Marine et Matéo allant au même cégep, se mariant, lançant une entreprise tous les deux (un restaurant, un lave-auto, un hôtel pour chiens). *Oh mon Dieu! Je vais les perdre tous les deux.*

La voix de Marine sort Célia de sa rêverie digne d'un feuilleton télévisé; n'empêche que certains fragments subsistent dans sa tête pendant qu'elle écoute Marine qui tente de justifier ses inquiétudes.

— Je n'essaie pas de te faire comprendre quoi que ce soit, dit Marine. Alors, ne commence pas à te tracasser pour rien. Je dis seulement qu'il est gentil. Et plutôt mignon. Enfin, il est O.K. Et franchement, ce n'est pas la peine de détruire ce garçon pour gagner l'élection.

Marine se rassoit par terre et cherche le surligneur jaune fluo qu'elle utilisait plus tôt. Lorsqu'elle le trouve, elle enlève le capuchon et entreprend de colorier le *A* de son prénom. Après quelques traits qui font grincer le marqueur sur le papier, elle se tourne vers Célia.

— Allez, il ne reste plus beaucoup de temps avant que ta mère nous crie que le souper est prêt.

Célia se rassoit à son tour, la moquette sous elle lui piquant soudain les jambes. Elle essaie de chasser l'impression que Marine commence à aimer Matéo. Durant un long moment, seul le grincement enthousiaste des marqueurs qui vont et viennent sur le papier emplit la pièce. Pour l'instant, il semble que Marine soit toujours sa candidate et Matéo, son béguin. Pour l'instant, donc, il n'y a pas vraiment de raison de s'inquiéter.

Chapitre 6

Au début, Célia et Marine se sont liées d'amitié en partie à cause d'une habitude qu'elles avaient en commun : dormir aussi tard qu'humainement possible le samedi matin. Toutes petites, elles ne raffolaient pas des dessins animés du samedi matin. Elles préféraient plutôt passer ces précieuses heures matinales pelotonnées sous leurs édredons pelucheux, appréciant l'obscurité ainsi créée, la voix de leurs frères et sœurs se confondant avec celles des personnages des dessins animés. En découvrant qu'elles partageaient cette habitude, elles avaient ri de voir que leurs mères réagissaient de la même façon, entrant dans leurs chambres sans frapper et tirant les couvertures d'un coup sec, les forçant ainsi à se lever.

Mais aujourd'hui, la journée du samedi ne se déroule pas du tout de cette façon, car Célia a déclaré qu'elles étaient en mission. Pendant l'heure du dîner la veille, Matéo les a surprises toutes les deux en annonçant que, dans le cadre de sa campagne, il organisait un tournoi de basket qui se tiendrait sur les terrains du quartier durant toute la journée. Raoul et lui ont distribué des cartes professionnelles faisant la promotion du tournoi. D'un côté, on pouvait lire : *Viens rencontrer ton candidat sur le terrain,* ainsi que tous les détails concernant l'événement. De l'autre côté était inscrit en grosses lettres : *MATÉO, le représentant qu'il te faut!* Célia a reçu la sienne des mains mêmes de Matéo qui, en glissant le petit carton dans sa main, lui a fait un clin d'œil avant de souffler :

— Chouette comme idée, non?

Un peu trop chouette, a-t-elle pensé en s'efforçant de ne pas remarquer à quel point il était beau avec son t-shirt ample et son jean. Le fait de miser sur les aptitudes sportives de Matéo était un excellent moyen de le faire paraître compétent et sûr de lui, tout en distrayant les électeurs des vrais enjeux. Comment discuter des projets pour la 1re secondaire quand on est occupé à dribler le ballon sur l'asphalte brûlant? Et pourquoi est-ce qu'elle n'a pas été la première à penser aux cartes? Elles sont professionnelles, impressionnantes et faciles à distribuer. En un mot, elles sont géniales.

— J'espère que tu viendras. On se voit demain? lui a demandé Matéo en voyant qu'elle ne répondait pas.

Elle a plié la carte dans sa main et l'a fourrée dans sa poche.

— Oh oui, je serai là.

* * *

Voilà pourquoi elles sont debout si tôt (tôt pour elles, du moins) en ce samedi matin au lieu d'être encore sous les couvertures à attendre que leurs mères viennent les éblouir avec la lumière du soleil.

— Maintenant, souviens-toi qu'on est en mission de reconnaissance, dit Célia tandis qu'elles franchissent le long pâté de maisons qui sépare sa maison du parc, là où se trouvent les terrains... et Matéo.

— En mission de quoi? demande Marine.

Elle a laissé ses longs cheveux libres, choix plutôt étrange selon Célia, puisqu'il fait extrêmement chaud et qu'une queue de cheval aurait été beaucoup plus indiquée (à moins de vouloir en mettre plein la vue à quelqu'un). Avant d'aller rejoindre Marine, debout devant son miroir, Célia a contemplé l'idée de laisser ses boucles tomber librement. Elle a fini par réaliser que ses cheveux rebelles ne feraient que l'embarrasser et que Matéo ne la remarquerait que pour les mauvaises raisons. Elle les a donc ramenés vers l'arrière et a enduit les côtés de fixatif pour que ses boucles restent en place une fois sur le terrain de basket.

— De reconnaissance. Tu sais, étudier l'ennemi? On y va seulement pour voir combien d'autres personnes y seront, et pour juger de l'efficacité de cette initiative dans la campagne de Mat. C'est tout.

— Tu dis ça seulement parce que tu détestes Matéo

66

et parce que tu es nulle au basket, dit Marine.

Un sourire discret se dessine sur son visage, et Célia remarque que Marine semble porter du brillant à lèvres extra-chatoyant. Elle baisse les yeux et constate que Marine n'a pas remis de vernis sur ses ongles; ceux-ci sont toujours couverts du même vernis orangé écaillé. Donc, elle conclut que son amie n'a pas complètement perdu la tête.

— J'ai bien l'intention de jouer un peu, poursuit Marine en glissant ses mains dans les poches arrière de son short de planchiste. Peut-être même le mettre au défi de m'affronter dans un concours de lancers francs.

Elle rejette ses longs cheveux bruns par-dessus son épaule.

— Avec cette tête? Cheveux libres et au vent? s'étonne Célia. Tu n'aurais pas la moindre chance.

Marine trébuche légèrement en marchant à côté d'elle. Ce serait donc vrai qu'elle espère impressionner quelqu'un? Célia vient-elle de toucher un point sensible?

— Qu'est-ce que tu racontes? Arrête d'être aussi bizarre. Je n'ai pas trouvé ma barrette préférée ce matin, c'est tout. Et arrête d'appeler Matéo « l'ennemi » à la fin! Je parle d'une petite compétition amicale, rien de plus.

Célia laisse le mot « amicale » résonner dans sa tête pendant quelques secondes avant de dire quoi que ce soit. Puis une idée lui vient à l'esprit : l'événement de campagne de Matéo pourrait peut-être tourner à l'avantage de... Marine.

— Attends, tu as raison... C'est une bonne idée. Tu *dois* jouer avec lui. Tous ceux qui sont là verront que tu as l'esprit d'équipe et tu es prête à travailler avec les gens. Et pendant que tu le distrairas sur le terrain, je pourrai discuter avec les spectateurs et leur dire pourquoi ils devraient voter pour *toi!*

Marine sourit.

— *Ça,* c'est un plan.

Une voiture passe en sens inverse. Célia reconnaît Mme Nolin au volant de sa Cadillac jaune banane si caractéristique. Mme Nolin klaxonne pour saluer les filles au passage. Elle est la mère des jumeaux Rémi et Claudia, tous les deux en 1re secondaire à l'école Cousineau. Célia se dit qu'elle vient probablement de déposer les jumeaux au terrain de basket.

— Attention de ne pas te laisser distraire par Mat. Je veux dire, sur le terrain.

Elle sait que le rôle de Marine dans ce nouveau plan l'obligera à passer tout un après-midi en compagnie de Matéo, mais elles n'ont pas le choix si elles souhaitent utiliser l'événement de campagne de Matéo à leur avantage.

— Je suis déjà assez distraite comme ça, dit Marine. Et tellement stressée. Je ne pense qu'à cette élection depuis quelques jours. Et mon jeu dans la pièce en souffre énormément.

Marine passe une main dans ses cheveux et s'attarde sur les pointes, tirant dessus à petits coups secs.

— Je n'ai pas encore réussi à apprendre une seule scène au complet.

Elle bâille longuement et se frotte les yeux pour finir de se réveiller.

— Et le fait de m'être levée aussi tôt un samedi matin ne m'aidera sûrement pas à mémoriser mes répliques plus tard aujourd'hui, ajoute-t-elle. Je dois me préparer pour la semaine prochaine.

— Voilà ce que je voulais entendre, dit Célia. En ce qui concerne le grand débat de vendredi, je crois que tu devrais être fin prête jeudi soir.

Marine s'arrête net, comme si elle avait soudain les pieds pris dans le ciment du trottoir taché de gomme à mâcher.

— Le débat? C'est vendredi? Vendredi qui vient?

Elle porte les mains à son ventre.

— Oh, Célia, non.

Celle-ci doit reculer de six ou sept pas pour retourner près de Marine.

— Bien sûr que c'est vendredi. Vendredi matin, juste avant que les élèves votent. Tu ne te souviens pas de l'élection de l'année passée? Le débat est la dernière grande activité avant le vote. Ce sera le moment décisif pour nous.

Marine plante l'ongle de son pouce entre ses dents

et commence à le mâchouiller. Les rires et les cris des jeunes (beaucoup trop de jeunes) rassemblés sur les terrains de basket leur parviennent de l'autre côté de la rue, passé le prochain pâté de maisons. Entre les troncs des arbres entourant le parc et les terrains, Célia croit apercevoir de nombreux garçons et filles de son âge.

— Ça n'augure rien de bon, dit Marine, qui n'a toujours pas avancé.

— Je sais, on dirait qu'il y a déjà beaucoup de monde là-bas.

— Non, je veux parler du débat de vendredi.

Marine replonge les mains dans ses cheveux et tire sur les racines cette fois, faisant glisser ses épais cheveux entre ses doigts. D'habitude, elle sait rester calme; c'est souvent elle qui convainc Célia de se détendre. Mais voilà qu'elle donne l'impression d'être au bord de la crise de panique.

— Ne t'énerve pas, dit Célia en plaçant une main sur l'épaule de Marine par-dessus la bretelle de sa camisole violet clair. Comme je te l'ai dit, je vais m'assurer que tu sois tout à fait prête. Je te l'ai promis, n'est-ce pas?

Marine repousse la main de Célia, ce qui ne lui ressemble pas du tout.

— Non, Célia, tu ne comprends pas. La première répétition officielle de la pièce aura lieu vendredi. *Ce* vendredi.

Célia a une boule dans la gorge lorsqu'elle saisit enfin. Deux prestations importantes le même jour, toutes ces répliques à apprendre, descendre d'une scène pour monter aussitôt sur une autre... Pas étonnant que Marine ne soit pas dans son assiette. Comment Célia peut-elle imposer tout ça à sa meilleure amie? Elle chasse de son esprit l'élection et son propre désir de victoire, et exprime ce qu'elle ressent précisément, en ce moment même.

— Je suis sincèrement navrée que tout arrive en même temps. Vraiment.

La sincérité dans la voix de Célia fait sortir Marine du mode panique. Elle lâche ses cheveux et laisse retomber ses bras le long de son corps. De nouveau, Célia pose sa main sur l'épaule de Marine qui, cette fois, pose la sienne sur celle de son amie avec un faible sourire. Elles entendent le grincement des chaussures de sport et le bruit sourd et répétitif du ballon de basket rebondissant sur le sol. Toutes les deux se tournent en direction des terrains.

— Matéo ou pas, je n'ai vraiment pas le temps pour ça, dit Marine avec un air lointain.

Matéo... Est-ce pour lui que Marine est venue? Célia est préoccupée, mais elle laisse sa main sous celle de son amie.

— On est déjà là, dit Célia avec un haussement d'épaules.

71

Marine se retourne et contemple la rangée de maisons devant laquelle elles sont passées. Au loin, elles entendent Paco, le chihuahua des voisins de Célia, qui aboie à s'en faire éclater la cervelle. Célia n'a jamais compris comment un si petit chien pouvait faire autant de bruit.

— Bon sang, ce chien est presque aussi agaçant que Matéo, dit-elle lorsqu'elle perçoit l'hésitation de Marine.

Cette dernière laisse échapper un gloussement nerveux.

— Tu es tellement méchante. Il n'est pas si agaçant que ça.

Célia la regarde du coin de l'œil et voit les joues de Marine se colorer.

— Tu rougis? demande-t-elle, estomaquée.

— Non, c'est à cause de la chaleur. Bon, alors on y va?

Célia se mord la langue pour éviter de trahir ses propres sentiments à l'égard de Matéo. Elle a convaincu Marine qu'elle le considérait seulement comme un adversaire, mais si Marine aime Matéo, elle sait qu'elle n'aura plus aucune chance avec lui. Ce sera sa propre faute s'ils tombent amoureux, comme ça semble être le cas d'ailleurs. Elle retire sa main de l'épaule de Marine et, faisant face aux terrains, elle se met à marcher, à trotter, puis carrément à courir pour s'éloigner de Marine. Lorsqu'elle est assez loin pour que Marine ne voie pas ses yeux humectés de larmes, elle se retourne, affichant un grand et brave sourire.

— On y va! C'est parti!

Quand Marine la rejoint, ses yeux sont secs, et elle est prête à se concentrer sur la seule chose qui lui importe pour l'instant : gagner l'élection.

* * *

Matéo est encore plus séduisant sur un terrain de basket qu'à l'école (l'asphalte fait joliment ressortir ses yeux sombres), mais Célia fait comme si elle n'avait rien remarqué. De son côté, Marine laisse échapper un hoquet de stupeur lorsqu'elles arrivent sur le terrain et l'aperçoivent, debout sous le panier, un ballon sous le bras. Au moment où Matéo les salue de la main, Marine se précipite vers lui, l'air pourtant calme et posée. Pas étonnant qu'elle décroche toujours les rôles principaux dans les pièces de l'école.

Déterminée à considérer ce tournoi de basket comme une tactique de campagne (et non comme une occasion de tomber en pâmoison devant un garçon qu'elle essaie très fort de ne plus aimer), Célia se promène parmi la foule, loin de l'endroit où Marine vient de s'élancer vers le terrain de basket et... Matéo. Tandis que le ballon rebondit sur le sol, Célia scrute les gradins à la recherche d'élèves influents de 1re secondaire. Elle avait raison concernant la présence des jumeaux : Rémi et Claudia sont assis côte à côte, sirotant de l'eau dans des bouteilles en plastique et mangeant des croustilles de plantain à même le sac placé entre eux sur le banc. Mais peut-être qu'ils avaient déjà convenu de venir au parc, avant l'annonce de Matéo, la veille, à l'heure du dîner. Ils sont considérés tous les deux comme très sportifs, et ne font pas du tout partie de la clique des « nerds ». Célia les connaît seulement parce que leur mère est une amie d'enfance de la sienne.

Elle reconnaît d'autres élèves de 1re secondaire : Lou-Ève Roger, une fille de l'équipe de soccer, qui porte son uniforme et tient une bouteille d'eau; peut-être qu'elle dispute un match sur l'un des autres terrains du parc et que c'est la pause de la mi-temps. Michaël et Henri, deux garçons dont la popularité s'apparente à celle de Matéo, sont assis sur le dernier banc tout en haut, l'air de penser qu'ils dominent le monde. Henri donne un coup de coude à Michaël, et Michaël donne un coup de coude à Henri. Puis Henri pousse Michaël, et Michaël pousse Henri. Célia n'essaie même pas de déchiffrer leur mode de communication entre gars cool.

Bien qu'elle ne se souvienne pas de tous les noms, elle reconnaît de nombreux visages. Aucune trace de Yasmine et du « groupe de six », ni des élèves du cours d'art dramatique, ce qui ne la surprend pas puisqu'ils ont tendance à avoir peur des sports en général. Célia ne repère pas le moindre « nerd », et elle est presque triste de constater qu'elle est la seule à être venue. N'empêche qu'elle ne veut pas laisser passer une aussi belle occasion; ceux qui sont ici ne sont pas des électeurs qu'elle rejoindrait normalement, et Matéo, en organisant cet événement, les lui offre sur un plateau d'argent. Tout en parcourant la foule du regard, elle prend note mentalement de s'asseoir à côté de chacun des élèves de 1re secondaire, à un moment ou à un autre durant l'après-midi, afin de vanter les mérites de Marine.

Quelqu'un que Célia s'attendait à voir n'est pas au rendez-vous : Raoul. Elle a scruté les gradins trois fois avant de conclure qu'il n'était pas là. Finalement, elle l'a repéré près des vieilles tables de pique-nique grises sous le kiosque à barbecue, juste à côté des terrains. Il monte la garde près de deux grosses glacières bleues, une planchette à pince et un stylo à la main. *Il est temps de l'effectuer, cette reconnaissance,* se dit Célia en se dirigeant vers lui, l'air aussi décontracté que possible.

— Salut, Raoul, lance-t-elle avec un peu trop d'enthousiasme. Qu'est-ce que tu fais tout seul ici? Tu n'aimes pas le basket?

— J'aime bien le basket, répond-il en griffonnant. Seulement, je suis occupé.

Elle se faufile jusqu'à lui et tente de jeter un coup d'œil furtif aux papiers sur la planchette.

— Occupé à quoi?

Il ramène la planchette contre sa poitrine et glisse son stylo derrière son oreille. Célia remarque qu'il a le même type de cheveux frisés qu'elle; comme il les garde

75

coupés ras, elle ne s'était pas rendu compte qu'ils avaient ce point en commun. Cependant, ses cheveux à lui sont beaucoup plus foncés que les siens (presque noirs) tandis que ses yeux sont plus pâles que ceux de Célia; ils sont d'un ton de brun si clair et brillant qu'elle est tentée de dire qu'ils sont noisette, peut-être même verts.

— Ça ne te regarde pas, dit-il. Mais puisque tu es passée si près d'être la directrice de campagne de Matéo, j'imagine que je peux te le dire.

Raoul est donc au courant que Matéo lui a proposé le travail et qu'elle l'a refusé. *Intéressant.* Mais le fait qu'il lui confie ce qui est peut-être un secret de campagne signifie que Matéo et Raoul ne la perçoivent pas comme de la compétition. Peut-être que son plan de distraire Matéo par le soi-disant béguin de Marine pour lui a fonctionné mieux que prévu. Peut-être que de faire croire à Mat que Marine l'aime (et vice versa) a vraiment réussi à détourner l'attention de Mat sur Marine plutôt que sur Célia. Qu'est-ce que ça peut faire si c'est la fin de ses espoirs amoureux? Sa mère ne lui a-t-elle pas raconté des tonnes d'histoires à propos de tous les béguins qu'elle a eus quand elle était ado? Aucun d'entre eux ne s'est jamais transformé en véritable histoire d'amour. La mère de Célia n'aimait même pas son père quand elle l'a rencontré; elle le trouvait stupide parce qu'il avait refusé de danser avec qui que ce soit à la soirée où elle l'avait vu la première fois. Pourtant, ne sont-ils pas mariés et heureux depuis de nombreuses années? Célia essaie de se concentrer sur les paroles de Raoul, s'obligeant à faire fi du sentiment d'angoisse qui l'envahit.

— Je note quels élèves sont ici, combien de temps ils restent, ce qu'ils semblent penser de Mat, et s'ils prennent de ça ou non.

Raoul plonge la main dans une des glacières et en sort une bouteille d'eau presque gelée. Par-dessus l'étiquette originale, on a appliqué un autocollant sur lequel on peut lire : *MATÉO, LE REPRÉSENTANT QU'IL VOUS FAUT*. Mais l'encre s'est étalée depuis, et l'étiquette se décolle. En fait, la majorité des étiquettes sont presque complètement illisibles.

Célia a probablement fait la grimace sans s'en rendre compte, car Raoul prend une voix plaintive.

— Oh, allez. Ce n'est pas si terrible. Je n'ai peut-être pas pensé à tout, mais au moins tu comprends le message.

— Encore dix minutes dans cette eau, dit-elle en désignant la glace concassée à moitié fondue dans les glacières, et il n'y aura plus de message du tout.

Raoul lance un regard furieux à l'étiquette, sur laquelle les lettres sont dangereusement déformées.

— Mais qu'est-ce que je fabrique? Tu as raison. Quel désastre.

Il remet la bouteille dans la glacière d'un geste brusque, faisant clapoter l'eau sur les bords et éclaboussant le plancher de ciment du kiosque. Il lance la planchette sur une table de pique-nique et s'assoit sur le banc, la tête entre les mains.

— Tu n'as aucune idée de la quantité d'encre que j'ai gaspillée pour fabriquer ces trucs, dit-il en fixant le sol.

Célia est étonnée de ne pas avoir compris plus tôt, mais cela lui paraît évident maintenant. Raoul est sûrement le directeur de campagne de Matéo. C'est pour ça qu'ils utilisent son imprimante pour faire les affiches, qu'il prend des notes pendant le tournoi de basket et qu'il est tellement découragé en ce moment. C'est lui qui a eu l'idée d'organiser cet événement, pas Matéo.

Célia s'assoit à côté de lui sur le banc, pesant ses mots dans sa tête. En son for intérieur, elle est contente que les étiquettes soient toutes barbouillées, et que l'excellente idée qu'il a eue ait tourné au fiasco. Mais ça ne change rien au fait que c'était une excellente idée au départ. Elle se dit que ça n'affectera pas sa propre campagne de le reconnaître devant Raoul.

— Ce n'est qu'un détail dans le déroulement de toute la journée. Regarde comme les gens s'amusent. Ils ne remarqueront probablement même pas les étiquettes endommagées.

— Ils le remarqueront, proteste-t-il en évitant toujours son regard. Je me suis demandé s'il valait mieux me contenter d'écrire les étiquettes à la main avec un simple marqueur permanent. Mais non, j'ai préféré faire les choses en grand en utilisant l'imprimante. Ce que je peux être idiot.

Étant donné le peu d'importance du problème, Raoul semble presque *trop* bouleversé. Célia ne sait pas quoi dire pour qu'il cesse de se tourmenter; elle aussi a tendance à être dure envers elle-même. Elle se tourne vers la foule et remarque que les gens ont simplement décollé les étiquettes avant de les jeter par terre sous les gradins. Les visages qu'elle ne reconnaît pas sont de plus en plus nombreux; des élèves d'autres années d'études ou d'autres écoles sont venus faire un tour. Peut-être que l'idée du tournoi n'aidera pas autant qu'elle le craignait la campagne de Matéo, surtout après qu'elle aura fait sa ronde et convaincu tous les élèves, un à un, de voter pour Marine. Ça lui donne envie d'être encore plus gentille avec Raoul.

— Regarde Marine et Mat, dit-elle pour tenter de le sortir de sa mélancolie.

Sur le terrain, Matéo essaie d'empêcher Marine de lancer, et il y arrive facilement. Ils sont en sueur tous les deux et ont les joues toutes rouges. Alors que Marine est sur le point de faire un lancer, Matéo tape sur le ballon pour le lui enlever, puis le rattrape au bond et court vers le panier pour faire un smash. Certains spectateurs applaudissent; d'autres poussent des huées. Après avoir lancé, il drible le ballon jusqu'à Marine et le dépose doucement dans ses mains. Leurs sourires sont juste un peu trop radieux et charmeurs pour deux adversaires.

— Je crois qu'il l'aime, déclare soudain Raoul après avoir observé la scène avec Célia. Je n'en suis pas sûr. Mais si c'est le cas, ça va poser un sérieux problème pendant notre campagne.

Notre campagne? Célia doit se retenir pour ne pas le dire tout haut. *C'est donc vrai,* se dit-elle ensuite. *Ils sont amoureux et je n'ai aucune chance avec Matéo. Non pas que j'en aie jamais eu une... Mais maintenant c'est complètement hors de question.*

Raoul se tourne brusquement vers elle.

— N'en parle pas, d'accord? C'est juste une impression que j'ai. Promets-moi de ne rien dire à Marine.

Ses yeux brun-vert l'implorent, et Célia se reconnaît en eux, y percevant une certaine désillusion, un espoir déçu. Aurait-il lui aussi un faible pour Marine? Pourquoi tout le monde est-il soudain amoureux de sa meilleure amie? Elle comprend ce qu'il ressent à l'instant même, et c'est seulement parce qu'elle compatit à sa frustration qu'elle répond :

— O.K. C'est promis.

* * *

— J'ai pensé que ça valait mieux pour toi de quitter

alors que tu menais, dit Célia à Marine sur le chemin du retour.

Marine voulait continuer à jouer, mais elles étaient là depuis plus d'une heure, et Célia avait bavardé avec tous les élèves de 1re secondaire qui étaient là. Elle a promis d'aller trouver chacun d'entre eux lundi, et de leur remettre un autocollant *VOTEZ POUR MARINE*. Et tous ont dit qu'ils le porteraient. Mais la principale raison pour laquelle Célia voulait partir, c'est qu'elle en avait assez de regarder sa meilleure amie et son béguin flirter en jouant au basket. Elle est encore plus déprimée depuis qu'elle sait que Raoul se sent aussi malheureux qu'elle.

— En plus, Raoul m'a fait une drôle d'impression, ajoute Célia tandis qu'elles traversent la rue.

— Vraiment? Raoul, une drôle d'impression? répond Marine.

Ses joues sont encore rouges en raison de la partie de basket, ou peut-être est-ce à force de rougir. Elle paraît beaucoup trop heureuse pour quelqu'un qui a autant de répliques à mémoriser au cours des prochains jours.

Se rappelant sa promesse à Raoul, Célia s'empresse de brouiller les pistes.

— Pas vraiment drôle... Seulement, il m'a confié que l'activité n'avait pas autant de succès que prévu, et j'ai approuvé. La plupart des spectateurs croyaient que

81

le tournoi était l'idée des deux candidats. Donc, aucune raison pour nous de rester là, d'autant plus qu'on a du travail à faire.

— Tant pis pour le tournoi. En tout cas, c'était une bonne idée. Peut-être que d'autres gens viendront plus tard.

Marine se retourne et regarde en direction du parc par-dessus son épaule.

— Peut-être qu'on devrait y retourner.

Célia n'en croit pas ses oreilles. À l'aller, elle s'est sentie coupable de faire perdre du temps à Marine, et voilà que celle-ci est prête à consacrer plus de temps à Matéo sans rechigner. Mais Célia ne dit rien et continue d'avancer, refusant de se retourner comme l'a fait Marine.

— Mat est vraiment cool, poursuit Marine. Il m'a même souhaité bonne chance pour l'écriture de mon discours pour lundi. C'est gentil, non?

— Très gentil, répond Célia en levant les yeux au ciel.

*Dommage qu'il ne m'ait pas souhaité bonne chance aussi, puisque c'es*t moi *qui écris le discours.* C'est d'ailleurs ce qu'elle fera cet après-midi; elle recueillera les impressions et les suggestions de Marine pour la forme, car elle sait déjà ce qui doit être dit. Elle a seulement besoin de temps pour trouver comment formuler tout ça.

— Tu sais, continue Marine, ce tournoi de basket

m'a fait réfléchir au sujet de Matéo. C'était un événement amusant et rassembleur. Tu ne trouves pas que c'est le genre d'idée qu'on attend d'un représentant? Marine est-elle sérieusement en train de la trahir? Si Célia peut renoncer à son béguin pour une plus grande cause, pourquoi Marine ne le ferait-elle pas aussi? Elle est tellement en colère et marche si vite que les deux filles sont presque déjà arrivées chez Célia. Célia voit Paco qui se prépare à aboyer, gonflé à bloc; elle aussi a envie de mordre.

— Tu crois que Matéo est génial? demande-t-elle. Ce n'était même pas son idée, mais celle de Raoul! Tu devrais simplement admettre que Mat est nul. Il n'a aucune idée intéressante. C'est un idiot.

— Oh, alors quand quelqu'un d'autre nous propose une idée, on est idiot? C'est ce que tu dis?

Marine s'arrête juste devant la cour du voisin. Paco bondit vers elles, fourrant son nez dans les mailles de la clôture, et se met à grogner et à essayer de mordre.

— C'est ce que tu penses de moi aussi? demande Marine.

— Eh bien, on ne peut pas dire que tu débordes d'idées pour la campagne jusqu'à maintenant, répond Célia sans réfléchir.

— Comme si tu allais écouter mes idées! Tu n'écoutes jamais personne!

— Ce n'est pas vrai! proteste Célia, maintenant plus blessée que furieuse.

— Ah non? Si tu m'avais écoutée, c'est toi qui aurais présenté ta candidature au lieu de me forcer à participer à ton satané plan!

— Te forcer? Tu as oublié que tu as *accepté* de faire ça? Et ça n'a pas paru trop t'ennuyer quand Mat t'a souhaité bonne chance pour la campagne, n'est-ce pas? Ça n'a pas l'air de t'ennuyer non plus de t'attribuer le mérite de *mes* idées quand *il* est là.

Marine reste plantée là, bouche bée. Le seul son à des kilomètres à la ronde semble être les aboiements de cet abruti de Paco annonçant leur dispute au monde entier.

— C'est ce que tu *voulais* que je fasse! s'écrie Marine.

— Oui, mais mes idées n'ont pas pour but de t'aider à flirter avec l'ennemi. Mais peut-être que tu jouais la comédie et que tu faisais *semblant* de flirter?

Paco se met à grogner si férocement que Célia se dit qu'il a dû attraper la rage au cours des 20 dernières minutes.

— C'est donc comme ça que tu réagis maintenant? demande Marine. En étant bizarre et jalouse parce que je fais ce que *tu* m'as dit de faire? Très bien. On verra bien comment tu te débrouilleras lundi, quand il sera temps de lire *ton* stupide discours et que je ne serai pas là. On verra comment tu expliqueras ça à Mme Pomerleau. Mais peut-être qu'elle ne t'en voudra même pas. Puisque tu es sa chouchoute, elle te laissera probablement t'en tirer sans conséquence.

C'est au tour de Célia de rester bouche bée. Mais Marine, qui est douée pour les sorties théâtrales, pivote sur ses talons, ses longs cheveux noirs fouettant presque le visage de Célia, et marche vers sa propre maison d'un pas décidé. Paco la suit en longeant la clôture, grognant si fort qu'il en tremble. Il tente de mordre les chevilles de Marine, mais contrairement à l'habitude, Marine est si furieuse qu'elle remarque à peine le minuscule chien qui tente de la faire fuir.

Paco reste planté dans le coin de son terrain et aboie longtemps après que Marine s'est éloignée. Lorsqu'il comprend enfin qu'elle ne reviendra pas, il s'approche de l'endroit où se tient Célia et recommence à japper.

— Arf arf arf arf arf arf arf arf arf...

— FERME-LA! finit par hurler Célia.

Le chien glapit et s'enfuit à toute vitesse, la queue entre les pattes. Dans le silence qui suit, Célia entend sa voix et les derniers aboiements de Paco se répercuter sur les balcons en ciment de l'immeuble d'appartements de l'autre côté de la rue. Tandis que le chien se réfugie dans la maison de son maître, Célia commence à ressentir le choc de la dispute. À cet instant, Paco lui apparaît comme un génie : rentrer chez elle en courant lui semble la meilleure idée au monde.

Chapitre 7

— Je crois vraiment que c'est la méningite, dit Célia en se cachant sous les couvertures lorsque sa mère vient la sortir du lit le lundi matin. Je n'ai jamais été aussi certaine de quoi que ce soit de ma vie. Elle toussote, mais sa mère tire quand même les couvertures.

— C'est la troisième fois que tu fais une méningite cette année, dit sa mère. Je veux savoir ce qu'il y a. Raconte-moi ce qui s'est passé entre Marine et toi. Tu sais que tu iras à l'école d'une manière ou d'une autre.

Célia tousse plus fort.

— Je voudrais bien te raconter, mais cette méningite me...

— Tu n'as pas de méningite. Je ne sais pas pourquoi je te laisse regarder ces émissions spéciales. Ce que tu vas chercher là!

La mère de Célia s'assoit sur le lit.

— Maintenant, dis-moi ce qui s'est passé avant que je lance mon attaque de bisous. Je sais que tu meurs d'envie de tout me raconter.

C'est vrai. À plusieurs reprises, samedi et dimanche, Célia a failli tout dire à sa mère au sujet de sa dispute avec Marine. Ce qui l'a empêchée de vider son sac, c'est que chaque fois qu'elle repassait l'incident dans sa tête, il n'y avait pas moyen de faire passer la faute uniquement sur Marine, et pas moyen de cacher la vérité plus longtemps concernant la véritable candidate à l'élection. Célia sait qu'elle finira par tout avouer à sa mère, mais elle aurait préféré attendre, d'autant plus que le rôle de Marine dans son plan est peut-être chose du passé.

— Pourquoi as-tu écrit ce discours pour Marine? demande sa mère en désignant le bureau de Célia d'un signe de tête.

Une tasse remplie de stylos et plusieurs blocs-notes se trouvent sur le bureau. Sur le bloc du dessus, Célia a soigneusement transcrit la version définitive du discours de Marine, sur lequel elle a travaillé toute la journée dimanche entre les repas et les semi-conversations avec sa mère. La corbeille sous le bureau est remplie de boulettes de papier jaune, vestiges de ses premières tentatives pour trouver les mots justes lorsqu'elle a rédigé le texte que Marine lira à l'interphone lundi matin. Et maintenant que le jour J est arrivé, Célia fait tout ce qu'elle peut pour éviter d'aller à l'école et d'avoir à expliquer pourquoi Marine n'est pas là pour lire le discours elle-même.

Célia serait prête à parier que Marine tente aussi de convaincre sa mère de la garder à la maison; mais elle est bien meilleure actrice que Célia et, par conséquent, elle réussit généralement à obtenir ce qu'elle veut. N'empêche que Célia a peur que Marine aille à l'école, qu'elle se dirige droit vers le bureau de Mme Pomerleau et qu'elle confesse tout. Cette perspective suffit à secouer Célia; elle se redresse et balance ses jambes au bord du lit, prête à se lever. Elle doit arriver la première pour empêcher Marine de la dénoncer.

— Tu es guérie! lance la mère de Célia en applaudissant.

— Ouais, si on veut, grogne Célia en grattant sa tête frisée. J'ai écrit le discours pour l'aider. C'est tout. Je ne l'ai pas vraiment fait *pour* elle. J'essayais seulement de... l'aider.

— L'aider, hein? C'est bien. C'est très bien d'aider les autres. Pourvu que ce soit seulement ça...

— C'est seulement ça, répète Célia.

Il ne fait pas de doute dans son esprit que sa mère est une véritable télépathe. Elle devine toujours ce qui se passe sans que Célia ait besoin de dire quoi que ce soit. C'est en partie pour ça qu'elles sont si proches, et c'est aussi l'une des nombreuses raisons pour lesquelles elle aime tant sa mère. Pourtant, Célia ne peut pas lâcher le morceau tout de suite.

— Je promets de te reparler de tout ça bientôt, dit-elle. Mais pour l'instant, on ferait mieux de se dépêcher si je veux arriver à l'école assez tôt pour... euh, aider Marine à répéter.

— Je te prends au mot, dit sa mère. N'oublie pas que tu peux tout me dire, Célia, et je t'écouterai toujours jusqu'au bout. Pas besoin de simuler une méningite.

— Je sais, maman. Je suis désolée. Je serai bientôt prête.

Célia se lève et se dirige vers la penderie.

— Non pas que je prétende savoir ce qui s'est passé entre vous deux, dit sa mère, mais tu devrais peut-être porter le haut rouge avec la bande brillante sur le côté, celui que Marine t'a offert pour ton anniversaire l'an dernier. Ce serait un beau geste de ta part. Comme pour lui faire savoir que tu es désolée, tu comprends?

Juste au moment où Célia se dit que sa mère a tout à fait raison, elle se tourne vers la porte et sourit; mais sa mère s'est déjà éclipsée, laissant Célia s'habiller et penser à la suite des choses.

* * *

— Hourra! Tu es là! s'écrie Mme Pomerleau lorsque Célia entre dans le bureau dix minutes avant la première sonnerie.

La conseillère d'orientation s'applique un trait de crayon pour les yeux devant un petit miroir qu'elle tient dans sa main. Le crayon est violet, mais le trait ne paraît pas trop coloré une fois tracé autour des grands yeux bruns de Mme Pomerleau; il les fait simplement ressortir davantage. Elle continue à souligner le contour de ses paupières lorsque Célia entre dans la pièce qui embaume la mangue, sa main tenant fermement le crayon. Aujourd'hui sur ses macarons, on peut lire : *Vous l'aurez voulu!* et *Ça alors.*

— Vous m'attendiez? demande Célia, redoutant que Marine ait réussi à voir Mme Pomerleau en premier.

Celle-ci referme le boîtier de son miroir de poche d'un coup sec et remet le crayon dans son long capuchon avant de les fourrer dans un tiroir de son bureau.

— Eh bien, non. Je ne t'attendais pas. Pas vraiment. Enfin, je sais que c'est ton amie Marine qui présente sa candidature, mais j'ai pensé... à vrai dire, j'espérais que tu viendrais la soutenir moralement. Matéo est déjà là avec quelqu'un pour l'appuyer, alors je me suis dit que tu accompagnerais Marine. Sauf qu'elle n'est pas encore là...

Mme Pomerleau se penche en avant pour mieux voir dans le bureau principal.

Célia aperçoit deux sacs à dos par terre et devine tout de suite à qui ils appartiennent : Matéo et Raoul. Donc, Raoul est venu regarder Mat prononcer son discours! Ou peut-être qu'il voulait simplement voir Marine de près pour bien commencer la journée?

— Ils répètent dans les toilettes des gars. N'est-ce pas mignon? J'imagine qu'ils ont prévu quelques « surprises ».

Et revoilà les célèbres guillemets aériens que Mme Pomerleau produit avec beaucoup d'énergie. Célia en déduit qu'elle en est déjà à sa troisième tasse de café ce matin.

— Il ne manque plus que Marine. Mais ne te fais pas de souci, elle a encore largement le temps d'arriver avant la sonnerie. Je suppose que Marine a davantage confiance en son discours que Matéo dans le sien.

— Oui, c'est probablement ça, dit Célia, la gorge serrée.

— Néanmoins, c'est à se demander pourquoi elle a besoin de toi pour la « soutenir moralement » si elle est « confiante ». Excuse-moi, j'ai vraiment besoin d'un « remontant ».

Mme Pomerleau prend sa tasse de café et quitte précipitamment la pièce, emportant ses guillemets avec elle.

Célia essaie de réfléchir. Qu'est-ce qu'elle va faire? Devrait-elle inventer une excuse pour Marine en espérant pouvoir la convaincre plus tard de rester dans la course? Devrait-elle tout raconter à Mme Pomerleau et risquer de perdre sa confiance? Ferait-elle mieux de s'en aller avant que Mme Pomerleau revienne? Elle ne peut pas partir comme ça et laisser Marine s'attirer des ennuis pour ne pas s'être présentée; elle a déjà entraîné Marine dans un beau gâchis, et jusqu'à preuve du contraire, c'est encore sa meilleure amie.

— Tu es là!

Le cœur de Célia bondit dans sa poitrine. Elle virevolte et aperçoit Marine debout dans l'embrasure de la porte. Elle porte les grands anneaux argentés que Célia lui a offerts pour Noël. Elle ne les met presque jamais durant la semaine, car sa mère ne la laisse pas porter ses plus beaux bijoux pour venir à l'école. Elle a dû faire une exception. Célia se lève et se précipite vers la porte.

— Marine, je suis tellement désolée d'avoir dit...

— Célia, je m'en veux tellement d'avoir dit...

Les deux filles se tombent dans les bras, chacune étouffant ses excuses contre l'épaule de l'autre. Elles se séparent rapidement, réalisant que Mme Pomerleau (ou pire encore, Matéo et Raoul) pourrait les voir.

— Je ne pouvais pas te laisser dans le pétrin, chuchote Marine après avoir regardé autour d'elle dans le bureau. On y est déjà jusqu'au cou, n'est-ce pas?

— Probablement, répond Célia. Mais au moins, on est préparées.

Elle marche jusqu'à son sac et en sort le bloc-notes sur lequel elle a transcrit le discours de son écriture impeccable. Elle le tend à Marine en lui remettant également un crayon. Elle a écrit le discours à double interligne pour que ce soit plus facile pour Marine de le lire pour la première fois.

— Je ne peux pas croire que tu l'as écrit quand

même, dit Marine.

— Je ne pouvais pas te laisser dans le pétrin, moi non plus. Et tu avais besoin de la journée de dimanche pour apprendre les répliques de ta pièce.

Marine hoche la tête, heureuse d'avoir entre les mains un discours de qualité. Elle avait décidé d'être brève, peu importe ce qu'elle dirait; mais avec moins de six minutes avant le début des annonces, elle n'avait toujours rien écrit.

Célia tapote le crayon.

— C'est au cas où tu voudrais changer ou ajouter quoi que ce soit. C'est toi qui devras le lire, et tu as ton mot à dire.

Marine la gratifie d'un large sourire.

— Merci d'y avoir pensé. Mais tu sais quoi? Je te fais totalement confiance, et je suis certaine de ne pas pouvoir améliorer ton chef-d'œuvre.

— Tu as probablement raison, plaisante Célia.

Les filles éclatent de rire juste au moment où Mme Pomerleau entre en coup de vent dans la pièce, une tasse de café fumant à la main.

— Marine! Super! On y va. Dès que la sonnerie se fera entendre, bien sûr. Et où sont passés nos deux gars « cool »? Ils feraient mieux de revenir bientôt, parce que cette émission n'attend personne!

Marine lance un regard à Célia et roule les yeux, mais Célia rit.

Folle, dit Marine en remuant les lèvres silencieusement. Célia fait non de la tête, sourire aux lèvres. À son tour, Marine esquisse un sourire, mais celui-ci se fige subitement tandis qu'elle rougit jusqu'aux oreilles. Célia s'apprête à lui demander ce qui ne va pas lorsqu'elle entend quelqu'un se racler la gorge derrière elle. Elle se retourne et aperçoit Matéo, tout aussi rouge, ainsi que Raoul qui se tient derrière lui, les bras croisés sur sa poitrine. Célia remarque que le sourire de Raoul est plus jovial que celui de Matéo, plus sincère aussi, et qu'il semble ne s'adresser qu'à elle. Auraient-ils accidentellement créé des liens alors qu'ils discutaient de sa bévue au tournoi de basket? Célia n'en est pas sûre, mais s'il travaille avec Matéo, lui aussi représente l'ennemi, et elle doit le considérer comme tel.

— Bonjour, mesdemoiselles, dit Raoul derrière Matéo.

— Quelles bonnes manières! s'exclame alors Mme Pomerleau. J'adore! Allons réchauffer cet interphone, vous voulez bien?

— On veut bien, répond Matéo de façon maladroite.

Raoul lui flanque un bon coup de coude dans les côtes. Célia a le fou rire, mais se retient, s'estimant déjà chanceuse d'avoir retrouvé son amie. Et puisque cette amie est sur le point de prononcer un discours qu'elle n'a encore jamais lu, Célia ne voit aucune raison de

94

tenter le diable.

* * *

Après les annonces régulières du matin, ce qui inclut un autre épisode exceptionnellement ennuyeux du Communiqué du directeur, Mme Pomerleau appuie sur les boutons de l'interphone qui permettront de diffuser les discours uniquement dans les classes de 1re secondaire. Puis elle s'empare du micro.

— Bien-aimés élèves de 1re secondaire, commence-t-elle. C'est avec une grande fierté et beaucoup d'excitation que je vous présente VOS candidats!

Mme Pomerleau imite alors le bruit d'une immense foule qui applaudit, approchant le micro de sa bouche et faisant un son qui rappelle à Célia celui d'un coquillage qu'on porte à son oreille. Célia glousse, mais elle est la seule à rire.

— Calmez-vous, auditeurs en délire, calmez-vous. Aujourd'hui, ce sont les deux candidats eux-mêmes qui s'adresseront à vous.

Elle les regarde en haussant les sourcils, et Célia rit de nouveau. Elle est un peu troublée de constater qu'aucun de ses trois camarades ne semble comprendre l'humour de Mme Pomerleau. *Tant pis pour eux.*

— Le premier candidat selon l'ordre alphabétique, mais ce fut serré... est Monsieur Matéo Crespi.

Mme Pomerleau tend le micro à Matéo qui s'approche de l'interphone. Il tient une feuille sur

95

laquelle son discours est imprimé. Lorsqu'il commence à lire, Célia remarque que ses mains tremblent un tout petit peu.

— Yo yo yo, école Cousineau! C'est Matéo Crespi, mieux connu sous le nom de Mat, qui vous parle EN DIRECT du bureau principal. Bon, je SAIS que vous allez voter pour moi comme représentant de 1ʳᵉ secondaire, mais juste au cas où vous auriez ENCORE des doutes, quelques-uns de mes plus fidèles partisans vont vous dire pourquoi je SUIS l'homme de la situation!

Matéo imite alors M. Néron, l'enseignant de sciences en 1ʳᵉ secondaire, en accentuant ses tendances intello. Il y va de tout un passage très amusant, mais qui n'a rien à voir avec l'élection, où M. Néron égare son protège-poche. Matéo présente ensuite une imitation étonnamment bien réussie du directeur, ridiculisant son célèbre communiqué. Célia entend les rires dans les classes voisines du bureau; même Mme Pomerleau se couvre la bouche, cachant vraisemblablement un sourire. Mais Mat s'en prend ensuite à elle et se lance dans une très mauvaise imitation de la conseillère, se contentant de parler d'une voix aiguë de fille. Chaque personnalité imitée termine son boniment en déclarant que Matéo est le meilleur et qu'elle « approuve ce message », exactement comme dans les vraies publicités politiques.

— Merci pour votre appui! continue Matéo en retrouvant sa propre voix. Élèves de l'école Cousineau, faites ce qu'ils disent et votez pour MOI. Rappelez-vous mon slogan : Mat est l'homme de la situation! Votez pour Mat!

C'est ça, son slogan? s'étonne Célia. Elle regarde Marine et devine qu'elles pensent la même chose. Mieux encore : elle se tourne vers Mme Pomerleau qui semble partager son avis.

Matéo revient vers Raoul et les deux amis se tapent dans la main. Célia n'en revient pas à quel point ils sont prévisibles : le discours, le manque de contenu, le fait de miser sur des blagues au lieu de présenter une vraie plate-forme électorale. Sans le savoir, ils ont agi exactement selon son plan, plan qui se mettra en place sous leurs yeux dans quelques instants à peine. Célia retient son souffle et attend.

Mme Pomerleau parle dans le micro.

— Merci, Matéo, pour ce discours relativement divertissant et quelque peu audacieux.

Elle lui adresse un clin d'œil, et Matéo sourit. C'est au tour de Célia de cacher son sourire.

— Je tiens à préciser, poursuit Mme Pomerleau, non pas que j'aie besoin de le faire, que toutes ces voix étaient fausses. Aucun membre du personnel n'a appuyé, ou n'appuiera, quelque candidat que ce soit. Ceci dit, j'aimerais vous présenter Mademoiselle Marine Durand, notre deuxième et dernière candidate.

Marine s'éclaircit la voix et s'avance vers le micro. Elle tient dans ses mains le bloc-notes sur lequel est écrit le discours que Célia lui a préparé. Ses doigts sont parfaitement immobiles. *Elle est vraiment douée!* se dit Célia.

— Chers camarades, commence-t-elle d'une voix riche et douce. Comme vous venez de l'entendre, il est évident que mon adversaire considère cette élection comme une grosse blague.

Célia jette un regard vers Matéo et Raoul juste au moment où ils restent bouche bée. *Attendez,* pense-t-elle, les joues soudain en feu. *Ce n'est qu'un début.*

* * *

— C'était incroyable! chuchote Marine d'un ton excité alors que les filles quittent rapidement le bureau principal pour se rendre à leur premier cours. Comment as-tu deviné que Mat ferait des imitations? Ton discours l'a *démoli!*

Célia sourit intérieurement. Elle ne sait pas exactement. C'était un pari risqué, mais basé sur des calculs scientifiques. Prenant en considération tout ce qu'elle avait vu jusqu'à maintenant (et en particulier le fait que Matéo croyait exceller dans l'imitation des enseignants de 1re secondaire, et qu'il ne se gênait pas pour en faire dès qu'on lui en donnait l'occasion), elle s'était dit que le risque pouvait être payant. Et il l'a été.

Marine a prononcé un discours presque parfait, (trébuchant sur un seul mot, « emblématique », mais se ressaisissant aussitôt), discours qui a fait paraître

Matéo comme un bouffon irresponsable qui est peut-être « d'agréable compagnie », mais qui n'est « tout simplement pas prêt à assumer une aussi grande responsabilité ».

— J'ai eu le pressentiment qu'il allait faire ça, répond Célia. Qu'est-ce qu'il aurait pu faire d'autre? Ce n'était pas un discours méchant. Seulement, il faisait ressortir une énorme évidence : Matéo ne prenait pas le poste au sérieux. Les élèves voulaient-ils vraiment que la personne qui les représente auprès de la direction de l'école soit cette même personne qui ne pouvait prendre un simple discours au sérieux? *En un mot* : non, avait lu Marine. Elle avait continué en énumérant les choses qu'elle ferait si elle était élue. Célia avait bourré cette partie du discours d'idées nouvelles : organiser une sortie de fin d'année en 1re secondaire; tenir l'assemblée générale le soir et non durant les heures de classe afin que davantage de parents puissent y assister; renforcer le sentiment d'appartenance en créant un bulletin d'information auquel les élèves et les enseignants pourraient contribuer; sans oublier les idées qu'elle avait eues pour la semaine spéciale. Toutes étaient clairement énoncées en peu de mots.

Le discours se terminait par un slogan : *Avec Marine Durand, vous êtes gagnants!* Elle l'a lu d'une voix plus forte que le reste du discours, et il a paru encore plus accrocheur venant de la bouche même de la candidate. Mme Pomerleau a félicité Marine d'avoir rédigé un discours aussi sérieux et provocateur. Célia a résisté à l'envie d'ajouter qu'elle l'avait « aidée » à l'écrire. Après tout, il était essentiel pour la réussite du plan que ce soit Marine qui reçoive les éloges, chose que Célia commençait à peine à réaliser.

Marine chantonne le slogan tout en se rendant à son cours.

— Avec Marine Durand, vous êtes gagnants!

Lorsqu'elle ouvre la porte, c'est toute la classe qui éclate en applaudissements. Célia est abasourdie par le bruit qui résonne dans le couloir où elle se trouve toujours. Lou-Ève Roger, qui était au tournoi de basket de Matéo, s'écrie :

— Oh mon Dieu, Marine, tu l'as écrabouillé! C'était renversant!

— Tu ne serais pas un peu voyante? demande Rémi Nolin, assis à son pupitre à l'avant de la classe.

— Non, répond Marine en franchissant la porte. J'ai eu le pressentiment qu'il allait faire ça. Qu'est-ce qu'il aurait pu faire d'autre?

Marine se retourne avant de fermer la porte de la classe derrière elle et adresse un clin d'œil à Célia.

— Hé, c'est ce que j'ai… commence cette dernière.

Mais tandis que la porte se referme, elle se rend compte qu'elle ne peut pas dire qui a vraiment écrit le discours ni qui est la véritable voyante. Célia n'avait donc pas pensé à quel point ce serait difficile pour elle de laisser tout le mérite à Marine?

Je suppose que c'est mon tour d'avoir l'impression de me faire écrabouiller.

Alors qu'elle marche d'un pas traînant dans le couloir en direction de sa classe, Célia ne peut s'empêcher de marmonner :

— Et ce n'est qu'un début.

Chapitre 8

— Merci! Ce n'était pas grand-chose. Rappelle-toi qu'avec Marine Durand, vous êtes gagnants! dit Marine à un autre élève qui la complimente sur son discours de lundi.

Célia est adossée à son casier, un gros sac en papier rempli de matériel de campagne entre les pieds, et attend que Marine ait fini de repousser les compliments. Ceux-ci semblent fuser de partout dans les couloirs depuis deux jours. Les autocollants ont connu un énorme succès, et presque tous les élèves qu'elles croisent dans les couloirs en porte un. Tellement que Célia a du mal à satisfaire à la demande. C'est maintenant mercredi matin, et Célia aurait cru qu'elle se serait habituée au sentiment d'injustice qu'elle éprouve lorsqu'on félicite Marine pour *son* travail. Et pourtant, ce n'est pas du tout le cas.

Le pire est venu de Matéo lui-même. Il s'est arrêté à leur table avant de quitter la cafétéria lundi midi, s'assoyant sur le banc libre en face d'elles.

— Marine, tu m'as vraiment ramassé ce matin. C'était assez incroyable.

Célia les a regardés rougir, Marine et lui. Elle n'en revenait pas que ni l'un ni l'autre ne cachait sa nervosité. Matéo est supposément cool et décontracté, et Marine est censée être une excellente actrice. Et pourtant, ils étaient là tous les deux, manifestement amoureux. Célia a cru qu'elle allait vomir.

— Comprends-moi bien, a poursuivi Matéo en battant des cils, je n'aime pas qu'on me prenne en défaut. Mais sérieusement, c'était un coup de génie. Je suis impressionné.

Au même moment, Raoul, qui se trouvait près des poubelles, est accouru après avoir vidé son plateau. Il a jeté un coup d'œil nerveux à Célia avant de marmonner :

— Salut, Célia. Euh, salut tout le monde.

Il est devenu tout rouge, puis a saisi Matéo par le collet et l'a aussitôt entraîné loin des deux filles. Célia l'a entendu siffler à l'oreille de Matéo :

— Qu'est-ce que tu fabriques?

— Oh mon Dieu, a dit Marine quand ils ont été hors de portée de voix. Il a aimé mon discours!

Ton discours? a pensé Célia. Elle a tenté de parler avec ses yeux, mais Marine n'a rien compris, de toute évidence.

— Il me trouve géniale! a-t-elle ajouté.

Un grand sourire s'est épanoui sur son visage.

— C'est le *discours* qu'il a trouvé génial. Si tu avais

écouté l'adversaire, au lieu de baver d'admiration devant lui, tu aurais compris ce qu'il a dit. De toute façon, il ne le pensait probablement pas. Il doit s'agir d'une tactique de sa part pour le faire paraître plus aimable qu'il ne l'est en réalité. Et Raoul, qu'est-ce qu'il a?

Mais Marine n'a même pas cligné des yeux. Elle se trouvait quelque part sur la planète Matéo, tandis que Célia restait seule avec sa frustration et leurs deux plateaux à vider.

Lundi et mardi après l'école, Célia et Marine ont passé l'après-midi à répéter en vue du prochain grand événement de la campagne, le dernier avant le débat de vendredi : la visite des classes. Mercredi et jeudi, chaque candidat doit visiter toutes les classes de 1re secondaire afin de se présenter et de répondre aux questions des élèves. Marine et Célia se rendront dans la moitié des classes aujourd'hui et dans l'autre demain, en alternance avec Matéo.

Célia ne s'inquiète pas trop de la performance de Marine dans les classes. Leurs répétitions de fin d'après-midi se sont bien déroulées, même si Marine a gardé le manuscrit de la pièce ouvert sur ses genoux durant tout l'exercice, tentant de faire deux choses à la fois.

— Je ne peux pas laisser cette Sammie me voler mon rôle. Non seulement elle a répété sans son texte aujourd'hui, mais elle est talentueuse en plus. Presque

autant que moi. Je t'assure, elle mijote quelque chose!
Marine est toujours loin derrière les autres en ce
qui concerne la mémorisation de ses répliques.
Mme Caya lui a accordé deux jours de plus pour
apprendre son texte avant « d'examiner d'autres
options », comme elle l'a dit. Mais après leur terrible
dispute sur le trottoir, Célia n'a pas osé insinuer que le
manuscrit sur les genoux de Marine la distrayait peut-
être de la campagne sur laquelle elles travaillaient. De
toute façon, s'était dit Célia, elle serait dans les classes
avec Marine si jamais les choses se corsaient. Elle a
obtenu la permission de Mme Pomerleau d'accompagner
Marine lors de ses visites pour l'aider à transporter les
affiches et les feuillets de publicité d'une classe à
l'autre.

Célia sort de son dossier de campagne la liste des
classes à visiter le mercredi que lui a remise Mme
Pomerleau. La première est celle de M. Néron, située
complètement à l'autre bout de l'école en partant de
leurs casiers.

Célia regarde sa montre : plus que cinq minutes
avant la sonnerie, ce qui ne leur en laisse que dix avant
leur première visite officielle. Mme Pomerleau
annoncera à l'interphone que les visites commencent,
et ce sera le signal de départ. Célia a l'estomac noué.
Elle tapote l'épaule de Marine pour l'arracher à une
autre admiratrice de son discours.

— On se reparle plus tard, au cours d'art

dramatique. Je souhaite sincèrement que tu gagnes cette élection. Bonne chance aujourd'hui! dit l'admiratrice en question.

Célia la reconnaît. C'est Sammie, la doublure de Marine dans la pièce. Sammie virevolte gracieusement, sa longue queue de cheval blonde tournoyant derrière elle, et s'éloigne rapidement, un joli sac à dos violet niché entre ses minces épaules.

— Merci! lance Marine.

Elle se tourne vers son casier.

— Bien sûr qu'elle souhaite que je gagne, marmonne-t-elle en montrant les dents. Elle sait que Mme Caya lui donnera mon rôle si je l'emporte. Elle essaie de me détruire!

— Quoi? fait Célia, inquiète. Comment Mme Caya peut-elle prétendre que tu ne pourras pas assumer les deux rôles à la fois? D'autant plus que tu n'auras rien à faire comme représentante de 1re secondaire. Ce sera *ma* responsabilité.

— Et comment Mme Caya est-elle censée deviner ça, dis-moi? Tout ce qu'elle sait, c'est qu'elle a choisi comme premier rôle une actrice qui devra bientôt courir deux lièvres à la fois. C'est ce qu'elle a dit, en tout cas.

Célia n'avait pas prévu cette complication. Elle a cru que le titre de jeune actrice vedette de Marine suffirait à susciter l'indulgence de Mme Caya, mais il semble qu'elles aient déjà trop tiré sur la corde. Si la crédibilité de Marine en tant qu'actrice est minée, cela pourrait également affecter ses chances de remporter l'élection.

Célia lui répond du tac au tac.

— Si tu peux convaincre Mme Caya de te laisser ton rôle, elle verra, une fois que tu seras élue, que tu n'es pas distraite, et que tu peux parfaitement concilier les deux. Elle n'a pas besoin de savoir *comment* tu y arrives.

Marine lève les yeux au ciel.

— C'est ce que j'essaie de faire, Célia. Mais à ses yeux, déjà je ne me concentre plus assez. Je n'arrive pas à bien dire mes répliques. Je n'arrête pas de parler de mes plans pour réorganiser les soirées de danse de l'école au milieu de mon monologue! Et Sammie travaille tellement fort... Elle n'attend que sa chance, et je ne peux pas vraiment lui en vouloir. Mme Caya commence à perdre patience avec moi. Elle met en doute mon engagement.

Marine enfouit son visage dans ses mains, puis les laisse glisser le long de son cou.

— Bon sang! Si cette campagne pouvait finir.

À qui le dis-tu, pense Célia.

La sonnerie retentit, et les élèves qui se trouvent encore dans les couloirs filent à toute allure vers leurs classes.

— Essaie seulement de ne pas te laisser

107

déconcentrer, dit Célia.

— Déconcentrer? Ha! lance Marine en faisant claquer la porte de son casier.

Elle paraît sur le point de craquer.

— On a cinq minutes pour se rendre dans la classe de M. Néron. Rappelle-toi tout ce qu'on a répété, et je serai juste à côté de toi si les choses tournent mal.

Célia passe un bras autour des épaules de Marine, s'en voulant déjà de ce qu'elle s'apprête à dire :

— Après le discours de lundi, tout le monde croit déjà que tu es la candidate idéale. Tout ce qu'il te reste à faire maintenant, c'est conclure l'affaire. Compris?

Marine pousse un long soupir. L'inquiétude se lit sur son visage, et Célia se rend compte que c'est aussi difficile pour Marine de s'attribuer le mérite de tout cela que ça l'est pour elle de la laisser faire. Marine plisse le front, promenant son regard sur le couloir maintenant désert.

— Je t'ai promis de rester avec toi en tout temps. Et voilà une autre promesse : je ne te laisserai pas perdre ton rôle dans la pièce.

Les traits de Marine se détendent un peu.

— Et comment vas-tu faire ça?

— Je n'en ai aucune idée, avoue Célia.

Marine rit en entendant sa réponse.

— Mais j'ai l'impression que j'arriverai à élaborer un vrai plan une fois qu'on sera débarrassées de ces visites dans les classes, ajoute Célia.

Elle soulève le gros sac contenant le matériel de campagne d'une main et prend le bras de Marine de l'autre.

— On y va? demande-t-elle.

Marine serre le bras de Célia.

— On y va, répond-elle avec entrain.

* * *

— Quel genre de soirée de danse organiserais-tu si tu étais représentante? demande Hugo Valence de sa place dans la troisième rangée.

— Justement, répond Marine avec assurance, car Célia s'attendait à cette question et la lui a posée la veille. Ce n'est pas à *moi* de décider de cela, mais à *vous*. Mon rôle en tant que représentante est de communiquer vos idées à la direction d'une façon efficace et convaincante. Je vous demanderais donc quels genres de soirées de danse *vous* voulez organiser, puis je prendrais le pouls des autres classes de 1re secondaire et me battrais ensuite en votre nom pour défendre vos idées. Être représentante, c'est s'oublier; c'est un peu être un... être un... euh...

— Un tremplin? propose Célia de son poste près du tableau, une énorme pancarte indiquant *Votez pour Marine* dans les mains.

C'est leur avant-dernière visite de la journée, et elle se sent les bras lourds.

— C'est ça! Un tremplin pour vos pensées et vos idées. Donc, à mon tour de te poser la question. Hugo : quels genres de soirées de danse devrions-nous organiser cette année?

Bon, d'accord, on a vraiment l'impression d'entendre Célia. Mais personne n'a signalé ce fait jusqu'à maintenant. À part quelques oublis tout au long de l'avant-midi, les visites se sont bien déroulées. Célia pose la pancarte et sort un marqueur et un carton vierge de son sac en papier. Elle inscrit *Idées de danse* tout en haut et se tient prête à écrire.

— Euh... je dirais... commence Hugo.

Au fond de la classe quelques élèves se mettent à rigoler, et quelqu'un lance : « Taisez-vous!»

— Je dirais, poursuit Hugo, une soirée sur le thème de la vie sous-marine?

Célia entend d'autres gloussements tandis qu'elle note *Vie sous-marine/thème nautique* sur l'affiche. Quant à Marine, elle réagit avec beaucoup, beaucoup d'enthousiasme, comme Célia lui a dit de le faire en répétition.

— Super, approuve-t-elle. Quelqu'un a d'autres idées?

D'autres idées de thème sont lancées dans la classe : les années 60, fête de plage, *La vallée des nuages, Le tour du monde en 80 jours,* les bulldozers.

— Les bulldozers? dit Célia en relisant le mot qu'elle vient de gribouiller sur l'affiche.

Toute la classe éclate de rire. Heureusement, Célia avait prévu ça aussi, et Marine et elles ont vu en détail la meilleure façon de désamorcer une session de remue-méninges qui tourne à la rigolade. L'ennui, c'est que Marine n'y arrive pas; elle parle d'une voix hésitante.

— Ce ne sont pas toutes les idées qui... Non, attendez. Euh... Même si toutes les idées sont bonnes, parfois il faudra... Non, ce n'est pas ça non plus.

Marine commence à mâchonner l'ongle de son pouce. Elle baisse la tête et ferme les yeux dans un effort pour se souvenir de ce qu'elle doit dire. Reconnaissant les signes de panique chez son amie (elle en a déjà été témoin dans d'autres classes qu'elles ont visitées ce matin), Célia s'avance, déjà en plein mode exposé oral.

— Ce que Marine veut dire, c'est que de toute évidence, elle ne peut pas retourner au bureau du directeur avec un millier de propositions différentes. Une partie de son travail consiste à déterminer quelles sont les idées les plus populaires auprès des élèves, et à les lui présenter. Alors même si le thème des bulldozers en fait rire plusieurs ici dans la classe, il ne sera probablement pas approuvé par la direction. C'est ce que tu essayais de dire, n'est-ce pas, Marine?

Juste à ce moment, Marine a brusquement relevé la tête.

— Gros homme, si tu joues, je vais être obligée de te fesser les joues!

Les élèves restent immobiles, ahuris, aucun d'entre eux ne reconnaissant cette réplique de la pièce.

— Ce n'est pas ça non plus, n'est-ce pas? demande Marine comme si elle s'adressait à son ongle.

— Euh, elle est cinglée ou quoi? demande Hugo d'un air sérieux.

— Non, non, non! répond Célia en riant trop fort. Marine joue dans la pièce de l'école, elle a le premier rôle, en fait, elle vous offre en primeur un extrait de sa brillante interprétation. N'est-ce pas qu'elle est convaincante? Elle le sera tout autant une fois que vous l'aurez élue représentante, et elle portera vos idées à bout de bras! Ha, ha, ha!

Un malaise se fait sentir dans la classe pendant quelques secondes. L'enseignant se racle la gorge.

— D'autres questions pour ces jeunes demoiselles avant qu'elles nous quittent? demande-t-il.

Marine sort enfin de sa transe théâtrale, à nouveau souriante et calme. Célia se précipite vers son sac et en sort la pile de petites cartes de Marine Représentante qu'elle a fabriquées après l'école la veille, chacune d'elles résumant les opinions et la plate-forme de Marine. Elle les remet à la première personne de chaque rangée et demande qu'on les fasse circuler.

L'adepte de bulldozers décide d'y aller d'une autre blague, comme pour prolonger le supplice des deux filles.

— Hé, Marine, si c'est toi qui poses ta candidature,

pourquoi Célia semble mieux connaître tes idées que toi?

— C'est une question intéressante, répond Marine, soudain toute pâle. Chaque bon candidat peut compter sur une équipe encore meilleure qui travaille dans l'ombre, et Célia fait partie de mon équipe.

Cette réponse figurait dans les répliques que Marine avait apprises par cœur, mais Célia l'avait assurée durant leur répétition que c'était seulement en cas d'urgence, et que personne ne lui demanderait ça.

— Merci, mesdemoiselles, dit l'enseignant alors que Célia s'affaire à distribuer les dernières cartes.

Les élèves applaudissent.

Une fois qu'elles sont en lieu sûr à l'extérieur du local, Marine agrippe le bras de Célia.

— Tu vois? Les gens s'en rendent compte! Je ne peux plus continuer comme ça. J'ai l'air d'une idiote!

— Marine, tu t'en tires très bien. Tu as répondu à la dernière question avec beaucoup d'élégance.

— Oui, et deux secondes plus tôt, je divaguais! J'ai la tête farcie de répliques!

— Baisse le ton. Quelqu'un pourrait t'entendre.

Célia décoche un regard par-dessus l'épaule de Marine pour lui indiquer qui est le « quelqu'un » en question : Matéo marche dans le couloir et se dirige vers une classe pour sa dernière visite du matin. Étrangement, lui aussi parle avec animation; Raoul marche à côté de lui et transporte un contenant dans lequel se trouve un gros sac de bonbons *Life Savers*, et sur lequel on peut lire : *Mat est l'homme de la situation!* Raoul fait signe à Matéo de se taire avant que les filles aient pu entendre ce qu'il disait.

Matéo regarde Raoul, l'œil mauvais, et vient vers elles d'un pas énergique. Célia entend Marine inspirer brusquement.

— Oh mon Dieu.

Se tenant soudain très droite, Marine se tourne vers Célia.

— De quoi j'ai l'air?

Incapable de parler, Célia se contente de hocher la tête. Comme toujours, Marine est ravissante. Célia reste plantée là avec son gros sac en papier, plus léger maintenant qu'elle a presque tout distribué, et les observe tandis qu'ils bavardent.

— Comment se passent tes visites? demande Matéo en fourrant ses mains dans les poches de son jean.

Il porte une chemise à manches longues qu'il laisse dépasser, ainsi qu'une cravate. Son style est cool et décontracté. Il a probablement opté pour la cravate afin de faire plus sérieux, geste judicieux s'il compte réfuter le plus solide argument de Marine contre lui durant la campagne.

— Oh... Bien. Super bien.

Super bien? Matéo croit-il réellement que Marine, avec ses « super bien », aurait pu écrire le discours de lundi? Le vrai génie se tient juste devant lui. Et il ne lui a même pas dit « salut ».

Raoul s'amène d'un pas lourd, et Célia perçoit le bruissement des papillotes des *Life Savers*. Lorsqu'elle regarde dans le contenant, elle constate qu'il est presque plein.

— Tu ne les as pas distribués? demande-t-elle.

Matéo la regarde enfin.

— Non, on n'a pas pu. On a commencé à les donner, mais Mme Pomerleau a dit que d'offrir des bonbons constitue un pot-de-vin, et elle nous a interdit de le faire. Au fait, excellente idée, Raoul, dit Mat d'un ton ironique.

— Oh, parce c'est mon idée, maintenant?

Célia croit deviner qu'il y a de l'orage dans l'air, mais les garçons n'ajoutent rien. Un silence lourd s'installe.

— Hé, les gars, finit par dire Célia, il ne vous est pas venu à l'esprit d'écrire sur le contenant de *Life Savers* : *Matéo, votre bouée de sauvetage?* Sans vouloir vous offenser, disons que c'était assez évident.

— Célia, voyons, c'est méchant de dire ça, intervient Marine.

Célia n'en croit pas ses oreilles.

— C'est sa façon de parler, dit Matéo. Tu devrais avoir l'habitude, depuis le temps que tu la connais, non?

Ils rient tous les deux, penchés l'un vers l'autre, très

115

copain-copine. Célia se tient là, prise d'une subite envie de s'emparer du contenant de *Life Savers* et de déverser les bonbons sur eux en même temps que sa colère.

— À vrai dire, j'y ai pensé, déclare Raoul, faisant cesser les rires d'un seul coup.

Il paraît content d'avoir Célia dans son camp, même si ça ne dure qu'une seconde.

— Monsieur Super Cool ici présent trouve les slogans ridicules. Mais il a tort, ajoute Raoul.

Matéo, qui ne sourit plus du tout, se tourne vers lui, l'air féroce. Célia s'en aperçoit et étouffe un rire.

— On ferait mieux d'y aller, dit Matéo sans quitter Raoul des yeux.

— C'est toi qui voulais venir ici et parler avec l'ennemi, rétorque Raoul avec un haussement d'épaules. Moi, je ne suis que ton humble directeur de campagne.

— Ça suffit, Raoul, O.K.? Partons d'ici.

Le cou et le visage en feu, Matéo s'éloigne d'un pas lourd en direction de la classe où il fera sa dernière visite du matin.

— C'est toi le chef, dit Raoul, trimballant le contenant de *Life Savers* avec lui dans le couloir. À plus, Marine. Salut, Célia... à tout à l'heure, peut-être? lance-t-il par-dessus son épaule.

— Ça alors, c'était bizarre, dit Marine après le départ des garçons.

— Merci de m'avoir traitée de méchante. Ça m'aide vraiment à me sentir bien, déclare Célia d'un ton pince-sans-rire.

— Oh, je t'en prie, Célia. Je prenais la défense de Mat, c'est tout. Je me sens mal pour lui... enfin, un peu. Et puis, n'as-tu pas la preuve, avec tout ce que je fais dans cette campagne, que tu passes avant tout?

— Je n'en suis pas aussi sûre, répond Célia à la blague.

N'empêche qu'elle le pense quand même un peu, surtout après avoir vu Marine flirter ouvertement avec Matéo qui, jusqu'à tout récemment, était son béguin. Mais Marine ignore tout ça, bien sûr.

— Voyons comment se déroulera cette dernière visite, et on en reparlera ensuite.

Célia sourit pour mieux cacher ses doutes. À son tour de jouer la comédie.

Chapitre 9

— Les fiches, le chronomètre...

Célia marche de long en large dans sa chambre, s'assurant qu'elle a tout ce qu'il faut pour la répétition avec Marine cet après-midi en prévision du débat. Celui-ci aura lieu le lendemain matin, et Célia doit reconnaître qu'elle est plutôt inquiète de la performance de Marine. À l'école, le bruit court que Matéo aurait perdu des votes suite aux visites dans les classes. Au dîner, Célia a entendu Yasmine et sa bande qui riaient en racontant que M. Néron avait posé à Matéo quelques questions simples sur les raisons qui l'avaient incité à poser sa candidature, et que Matéo était mal préparé et pas du tout sérieux.

— Ce n'est pas parce qu'il est cool qu'il devrait gagner, a dit Yasmine, et ses suiveuses ont opiné de la tête.

L'opinion de Yasmine est de bon augure pour la campagne de Marine, mais il reste que sa dernière ronde de visites dans les classes ce matin était pire que celle de mercredi. Devant presque tous les groupes qu'elles ont rencontrés, Marine oubliait tout le temps sa plate-forme électorale ou récitait accidentellement des répliques de la pièce. Puis, à l'heure du dîner, Marine lui a confié que Mme Caya venait de lui crier après pour avoir fait le même type d'erreurs en répétition. Pendant une scène de combat à l'épée, Marine avait apparemment mis un autre personnage au défi « d'explorer le large éventail d'activités-bénéfice disponibles et d'encourager la concurrence chez les fournisseurs potentiels de l'école ». Comme Mme Caya, Célia doit se rendre à l'évidence : Marine est complètement déboussolée. Ça prendra une longue soirée de préparation et de répétition pour qu'elle soit de taille à se mesurer à Matéo.

— Surligneur, sac de bonbons...

Tout ce qui manque, c'est Marine.

Célia jette un coup d'œil à l'horloge numérique sur son bureau. Il est 17 h 24. Marine a presque une demi-heure de retard. Elles étaient censées rentrer chacune chez elles après l'école, parler à leur mère, prendre une douche et manger une bouchée, puis se retrouver chez Célia à 17 heures pour commencer une longue soirée de travail en vue du lendemain matin. Juste au moment où elle est sur le point de saisir le téléphone pour appeler Marine, Célia entend son frère, Carlos, lui lancer de l'entrée :

— Célia! C'est Marine! Elle est venue jouer avec toi!

— Ferme-la, Carlos, entend-elle Marine répondre.

Quelques secondes plus tard, Marine apparaît dans l'embrasure de la porte, les cheveux raides et gras, sa jolie peau anormalement marbrée. Elle a même une tache d'encre sur la joue gauche. Le plus inquiétant, toutefois, est de voir que Marine porte toujours les vêtements qu'elle avait à l'école, une mignonne robe tee-shirt qui maintenant, à la fin de la journée, a l'air aussi défraîchie et fatiguée que Marine.

Célia s'assoit à son bureau et commence à remuer des papiers, faisant mine de ne pas remarquer l'apparence négligée de Marine.

— Ce n'est qu'une impression, mais tu n'as pas pris de douche, n'est-ce pas?

Elle se tourne vers Marine en se pinçant les narines.

— Et moi je vais devoir te sentir pendant toute la répétition. Merci bien.

— Célia, je...

— Je sais, je sais. Je suis méchante encore une fois. Désolée.

Célia se lâche le nez et sourit, mais le visage de Marine demeure figé.

— J'avais pensé qu'on pourrait travailler tard au besoin, mais pourvu que tu passes à la douche avant d'aller à l'école demain, ça ira. Tu dois paraître fraîche

120

et dispose devant Matéo et tous les autres à l'école.

Marine n'est toujours pas entrée dans la chambre de Célia. Elle s'attarde sur le seuil, prenant appui sur le cadre de porte. En entendant le nom de Matéo, Marine a détourné les yeux et fixé le plafond. Finalement, elle plonge son regard dans celui de Célia.

— Il faut que je te parle.

— Qu'est-ce qui ne va pas? demande Célia, de plus en plus nerveuse.

Marine n'a toujours pas bougé.

— C'est Paco qui t'a harcelée pendant que tu marchais jusqu'ici?

— Je ne suis pas venue à pied. Ma mère m'a emmenée en voiture. Elle est toujours là, elle m'attend. Elle discute avec ta mère dehors.

Célia ne veut pas vraiment entendre la réponse à sa prochaine question, mais il faut pourtant qu'elle sache.

— Pourquoi ta mère t'attend-elle? Elle ne sait donc pas qu'on en a pour un moment?

Marine finit par entrer dans la chambre. Elle traverse la pièce et s'assoit sur le tapis violet rond, juste devant Célia. Celle-ci repense au jour où elle-même s'est assise là et a demandé à Marine de participer à son plan. Elles sont si près de la victoire, si près de la fin. Dans le silence de cet instant, elle entend tourner le moteur de la voiture de Mme Durand dans l'allée, et elle a soudain le sentiment que tout vient de s'arrêter net.

— Tu te rappelles que tu m'as promis hier que tu ne me laisserais pas perdre mon rôle dans la pièce?

Célia se sent un peu mieux; si c'est la pièce qui est en cause, tout va bien. C'est le débat qui l'inquiétait.

— Bien sûr que je me rappelle. Je n'avais aucune idée de la façon dont je m'y prendrais, mais j'ai promis.

— Et tu le pensais vraiment?

Marine paraît tendue. Elle a l'air trop bouleversée pour jouer la comédie. Célia sait qu'il se passe quelque chose.

— Bien entendu. Je sais que la pièce compte autant pour toi que le poste de représentante pour moi.

La voix de Célia se brise lorsqu'elle prononce le mot « moi ». Elle n'est plus certaine de pouvoir supporter que tout le monde attribue à Marine le mérite de son travail si elle est élue. Célia ne serait pas *vraiment* représentante, pas comme elle le voudrait, en tout cas. Mais il est trop tard pour y changer quoi que ce soit.

— Marine, dis-moi simplement ce qui se passe. Si tu as trouvé une façon de conserver ton rôle, je veux que tu m'expliques.

Marine prend une grande respiration et se dresse sur ses genoux. Elle repousse ses cheveux derrière ses oreilles. Puis elle ferme les yeux et fait un signe de la tête au bout de quelques secondes. Lorsqu'elle ouvre de nouveau les yeux, ceux-ci sont baignés de larmes.

— Je ne pourrai pas participer au débat demain. Je dois passer le reste de la soirée à apprendre mes répliques pour la générale. Ma mère va m'aider à les mémoriser.

Célla essaie de parler calmement, mais elle ne peut empêcher la panique de s'emparer d'elle.

— Mais il faut que tu sois au débat! Ce n'est pas facultatif pour les candidats! Si tu ne participes pas, tu...

— J'abandonne la course. C'est le seul moyen pour que Mme Caya me laisse le rôle principal et ne me remplace pas par Sammie demain à la répétition.

Marine ferme les yeux encore une fois.

— Ma mère a déjà appelé l'école et a laissé un message à Mme Caya pour l'informer de ma décision.

Célia se rend compte qu'elle retenait son souffle. Elle tente de respirer, mais l'air ne vient pas. Elle essaie de penser à des choses apaisantes, mais tout ce qu'elle peut faire c'est rester assise à son bureau comme une statue.

— Le choix a été très difficile pour moi, continue Marine. Je sais à quel point le poste de représentante est important pour toi, et c'est uniquement pour ça que j'ai accepté de faire partie de ton plan. Mais ma mère affirme que si nous sommes de vraies amies, nous devons nous aider mutuellement à faire les bons choix. Le théâtre est très important pour moi.

Tous les sentiments et toutes les pensées imaginables se bousculent dans l'esprit de Célia. Une véritable tempête fait rage dans sa tête, et c'est à peine si elle comprend ce que Marine lui dit maintenant. Le flot de paroles qui suit trahit sa panique.

— Mais on est si près de la victoire! Et tout ce travail qu'on a fait! On ne peut pas laisser Matéo gagner. Pourquoi ne m'as-tu pas parlé de tout ça? Qu'est-ce que je vais faire? Tu viens de dire que tu sais à quel point c'est important pour moi... Marine, j'ai *besoin* de toi!

Marine ramène ses cheveux sur son épaule et se met à tirer dessus. De toute évidence, elle s'efforce de rester calme dans l'espoir que Célia ne s'énervera pas davantage.

— Je sais que tu seras probablement furieuse contre moi pendant un moment, dit Marine. Mais je dois courir ce risque et espérer que tu finiras par comprendre. Du moins, c'est ce que ma mère prétend.

La mère de Marine... Elle parle avec sa propre mère dehors en ce moment même. Célia sort brusquement de son état second.

— Donc, tu as *tout* raconté à ta mère?

Marine regarde par la fenêtre derrière Célia.

— Si on veut. Je me sentais mal de lui cacher tout ça. Je mourais d'envie de lui parler de ce que je vivais réellement. On est aussi proches que vous l'êtes, ta mère et toi, tu comprends? Vous êtes mes meilleures amies, ma mère et toi.

Célia a soudain l'impression d'être la pire personne au monde. Elle se sent tellement coupable d'avoir obligé Marine à cacher un tel secret à sa mère. Elle a dû ignorer son propre sentiment de culpabilité, ayant elle aussi caché la vérité à sa mère, d'autant plus que cette dernière semble se douter qu'il se passe quelque chose. Célia avait cependant l'intention de tout lui raconter un jour ou l'autre; seulement, elle ne savait pas quand ni comment.

— Je suis navrée de te laisser tomber, ajoute Marine après un long silence. Mais tu as bel et bien promis, et c'est la seule solution que j'ai trouvée pour que tu tiennes ta promesse. Et si tu finis par ne plus me détester comme tu me détestes probablement en ce moment, et que tu réfléchis vraiment à la question, je sais que tu m'approuveras.

Célia, quant à elle, n'a que l'avenir immédiat en tête.

— Mais ce n'est qu'une journée de plus, Marine! Je t'en prie, ne fais pas ça.

— J'aurais été lamentable, de toute façon. Ce n'est pas comme si tu pouvais te tenir derrière moi sur l'estrade demain, et voler à mon secours comme tu l'as fait durant les visites en classe, dit Marine en se levant. Et imagine si je gagne? Comment aurait-on pu continuer ce manège pendant toute une année alors qu'on a du mal à jouer le jeu pendant une semaine?

Célia ne sait pas quoi dire. Elle avait chassé cette inquiétude de son esprit depuis quelques jours, préférant se concentrer sur le simple fait de gagner l'élection. Elle s'était dit : *chaque chose en son temps,* comme elle avait entendu Mme Pomerleau le répéter au moins une dizaine de fois. Mais la vérité c'est qu'elle n'avait qu'une vague idée de la façon dont elles s'y prendraient, Marine et elle, pour tenir le coup toute l'année. Elle savait que les gens commenceraient à soupçonner quelque chose si Marine la choisissait constamment pour travailler sur des projets. Elle ne pouvait pas promettre à Marine que les choses seraient plus faciles après l'élection.

— De toute façon, ajoute Marine en voyant que Célia ne dit rien, c'est trop tard. L'appel est déjà fait.

Célia imagine Yasmine et sa bande potinant à propos de l'affaire, chuchotant le nom de Marine et faisant courir des rumeurs. Elles seront déchaînées quand elles apprendront la nouvelle. Célia doit faire quelque chose. Elle bondit de sa chaise en gesticulant.

— Mais as-tu pensé à ce que les gens vont dire? Ça ne t'inquiète pas de savoir ce que tout le monde pensera de toi à l'école si tu abandonnes?

— Je m'en fiche, répond Marine sèchement. Je n'ai aucun pouvoir sur ce que les autres pensent. En ce moment, c'est ce que *moi* je pense qui compte. Et pour la première fois depuis longtemps, j'ai le sentiment de faire ce que je dois faire.

Elle marche vers la porte d'un pas décidé. Juste avant de quitter la pièce, elle s'arrête et se retourne pour regarder Célia. Son expression est déterminée, mais la fatigue et la tristesse se lisent dans ses yeux.

— De toute façon, c'est toi la vraie candidate, dit-elle avant de refermer la porte derrière elle et de disparaître dans le couloir.

Quelques secondes plus tard, Célia entend la porte d'entrée se refermer. Puis la voiture de Mme Durand finit par s'éloigner dans la rue. Célia se rassoit à son bureau, réfléchissant à ce qu'elle fera en attendant que sa mère frappe à la porte et entre. Un sermon est maintenant inévitable.

Ce n'est qu'une fois le soleil couché et la pièce plongée dans le noir que Célia comprend que sa mère ne viendra pas. Peut-être que la mère de Marine lui a tout raconté et qu'elle est furieuse ou, pire encore, blessée ou déçue.

C'est à Célia et à elle seule de décider de ce qu'elle va faire ensuite. Elle songe à appeler Marine et à lui demander (peut-être même la supplier) de reconsidérer la question, mais elle ne peut se résoudre à le faire. Après tout, elle a promis à Marine de l'aider à conserver son rôle. Et la seule conclusion à laquelle Célia en est venue après voir bien réfléchi à la question, c'est que Marine a raison : c'est la seule façon pour elle d'honorer sa promesse. Le débat du lendemain vient de passer au second plan par rapport à celui qui se déroule dans la tête de Célia, et pour lequel elle n'était pas du tout prête : le débat qui décidera de ce qu'elle fera vendredi matin.

Chapitre 10

Célia entend la voix de sa mère malgré les épaisseurs de draps et de couvertures qu'elle a remontées par-dessus sa tête pour ne pas voir le soleil trop brillant de ce vendredi matin.

— C'est l'heure de te lever. Tu dois arriver à l'école plus tôt si tu veux avoir le temps de tout expliquer à Mme Pomerleau.

Célia se redresse aussitôt, complètement réveillée tout à coup, le cœur battant. Ses cheveux bouclés semblent danser autour de sa tête. Sa mère se tient au bord du lit, les mains sur les hanches.

— Donc, tu sais tout, dit Célia, soudain plus détendue.

— Oh, ma chérie, les mères savent toujours ces choses-là. Ce que je ne comprends pas, c'est pourquoi tu ne m'as rien dit. Tu ne me fais donc pas confiance?

Célia se penche en arrière et s'appuie sur ses bras, plissant les yeux à cause de la lumière.

— Ce n'est pas la question, maman.

Elle repousse les couvertures avec ses pieds et fixe son pantalon de pyjama rétro style Wonder Woman.

— Je savais que tu me dirais que c'était une mauvaise idée, qu'il fallait que j'aie confiance en moi et que je pose ma propre candidature, et tous ces trucs qu'une mère est censée dire.

— Si tu savais ce que j'allais te dire (au fait, tout ça est vrai et je suis très impressionnée par les conseils hypothétiques que tu m'attribues), est-ce que tu n'aurais pas dû te méfier et en venir à la conclusion que c'était une mauvaise idée?

Sa mère ne semble pas en colère; elle a posé cette question en toute sincérité. Célia se recroqueville sur elle-même et se frotte les épaules, frissonnant à cause de l'air froid du climatiseur.

— J'espérais seulement que tout allait s'arranger.

Sa mère s'assoit sur le lit, défroissant les draps du plat de la main. Elle a les mêmes cheveux bruns frisés que Célia, mais ses boucles sont devenues moins prononcées avec le temps. Célia espère que ce sera le cas pour elle aussi quand elle vieillira.

— Parfois je me dis que tu es trop intelligente, mon trésor et que ça joue contre toi.

Elle embrasse Célia sur le front.

— Mais crois-moi, tu auras besoin de tout ton génie aujourd'hui pour te sortir de cette impasse.

Sa mère replace les cheveux de Célia autour de son visage, les lissant comme elle l'a fait avec les draps.

— Hier soir, je me suis dit que tu avais besoin de temps pour réfléchir à la situation, alors je t'ai laissée seule. De toute manière, tu n'as pas voulu de mes conseils jusqu'à maintenant.

Sa mère fait une moue exagérée pour la taquiner, mais Célia éprouve quand même un sursaut de culpabilité.

— Mais là, j'aimerais bien savoir comment tu as l'intention d'arranger les choses, dit sa mère.

Célia hausse les épaules et se laisse retomber contre ses oreillers. Maintenant qu'elle doit élaborer un nouveau plan, elle est en panne d'inspiration. Elle a passé la nuit à fixer le plafond et à regarder les minutes s'écouler sur l'horloge numérique posée sur son bureau. Elle regrette que tout ne soit pas aussi simple qu'une expérience scientifique, avec ses méthodes et ses procédures bien décrites, et ses systèmes d'enregistrements des données. Par ailleurs, il faut dire que les problèmes ont commencé quand elle a décidé d'aborder l'élection de la même façon qu'une expérience scientifique. Il y avait tant de variables dont Célia n'avait pas tenu compte : Matéo posant sa candidature, puis l'invitant à devenir sa directrice de campagne, Marine décrochant le rôle principal de la pièce, les sentiments confus des deux amies à l'égard de Matéo. Tout cela avait officiellement perturbé l'expérience, et ce, dès le début. Et maintenant, elle n'arrive pas à trouver la solution appropriée à un problème aussi compliqué.

La seule chose qui la réconforte un peu est cette parole que son enseignant de sciences a dite l'année dernière, alors que Célia avait de la difficulté à interpréter les résultats de l'expérience qui allait lui valoir le premier prix à l'expo-sciences : « La meilleure solution est habituellement la plus simple. » N'empêche qu'hier soir, Célia a fini par s'endormir sans en venir à une conclusion précise sur la suite des choses.

— Pour commencer, je suppose qu'il faut que je parle à Mme Pomerleau, déclare-t-elle enfin. Que je lui raconte tout, et que je présente mes excuses à Marine.

— Je suppose, oui, approuve sa mère.

Célia jette un coup d'œil au bureau où elle a écrit le discours de Marine, celui qui a eu un si grand succès et dont on a tellement fait l'éloge. C'est peut-être Marine qui a récolté les compliments, mais Célia sait que c'est *son* discours. *La meilleure solution est habituellement la plus simple,* répète une voix dans la tête de Célia. Puis elle entend les paroles de Marine : *de toute façon, c'est toi la vraie candidate.*

— Crois-tu que je devrais demander à Mme Pomerleau de remplacer Marine au débat, et de prendre la relève comme candidate?

Voilà une solution simple. Mais Mme Pomerleau le permettra-t-elle?

— C'est ce que tu crois que tu devrais faire? demande sa mère.

— Je ne sais pas. Peut-être. Mme Pomerleau ne sera peut-être pas d'accord. Par contre, je sais que j'ai raison de vouloir m'excuser. Je ressens le besoin de le faire.

Sa mère hoche la tête, et Célia commence à se sentir un peu mieux. Après avoir accordé trop d'importance à l'opinion que les gens en général avaient d'elle, elle se rend compte qu'elle doit plutôt se préoccuper de ce que les personnes importantes dans sa vie pensent d'elle : Marine, Mme Pomerleau, sa mère, peut-être même Matéo... Elle veut mériter leur respect.

— Je suis désolée de ne pas t'avoir parlé de tout ce fiasco qu'est devenue la campagne, ajoute Célia.

Sa mère, trop cool pour répondre « Je sais, ma chérie » ou « Tu es toute pardonnée », déclare plutôt :

— Tu seras encore plus désolée dans une minute quand tu verras à quel point il est tôt. Maintenant, habille-toi pendant que je te prépare un café *con leche,* question de recharger tes batteries avant de te conduire à l'école. À partir de ce moment-là, tu devras te débrouiller seule. Mais je penserai à toi toute la journée.

Sa mère se lève.

— On a le temps de te lisser les cheveux, si tu veux, ajoute-t-elle. Ce n'est pas que je n'aime pas tes boucles, mais si ça peut te donner de l'assurance au moment de monter sur scène pour le débat, je peux allumer le fer à l'instant même, ma chère.

Célia tire sur les frisettes serrées qui encadrent son visage. Si Mme Pomerleau lui permet de prendre la place de Marine, le fait d'arborer un nouveau style pourrait être un atout dans la campagne.

— D'accord, dit-elle. Mais c'est seulement pour attirer l'attention des élèves juste avant qu'ils aillent voter.

Sa mère acquiesce d'un signe de tête et disparaît en vitesse.

— Mais tu dois te lever tout de suite si tu veux qu'on ait le temps de le faire! lance-t-elle dans le couloir. Alors, ne te rendors pas comme tu le fais tout le temps!

Mais Célia est déjà hors du lit et se demande, debout devant sa penderie : laquelle de ces tenues convient le mieux à une représentante de 1re secondaire?

* * *

Lorsque Célia se retrouve devant les portes à deux battants du bureau principal, c'est une tout autre histoire. Elle a la bouche complètement sèche, et le café *con leche* ballotte dangereusement dans son estomac. Les couloirs sont presque déserts; seul un concierge balaie le long des casiers à l'autre bout du couloir principal, des écouteurs sur la tête. Célia attend qu'il l'aperçoive, qu'il lui fasse un petit signe de la main comme pour dire que tout ira bien, mais il continue à travailler sans même lever les yeux.

Elle a tenté de ne pas céder à la nervosité durant le trajet en voiture jusqu'à l'école, mais la panique l'a gagnée lorsque sa mère a mis la voiture au point mort et a déverrouillé la portière pour que Célia descende.

— Je ne sais pas si j'y arriverai, a-t-elle dit en fixant le pare-brise au moment où elle a posé la main sur la poignée.

— Célia, je sais que tu peux le faire.

Sa mère a serré son autre main dans la sienne et y a déposé un baiser.

— Et je suis navrée de te le rappeler, mais tu n'as vraiment pas le choix.

Célia aime bien que sa mère soit aussi directe. C'est une qualité qu'elle admire aussi chez Mme Pomerleau. Cela la calme d'entendre les faits exposés clairement. Ce sont plutôt les émotions qu'elle a du mal à intégrer à l'équation.

Mais maintenant qu'elle est seule et confrontée à la réalité de ce qui l'attend, les faits sont tout aussi terrifiants, peu importe que ses boucles soient un peu plus souples et qu'elle porte son jean foncé préféré et le haut boutonné à encolure en V qui lui vaut toujours des compliments. Elle est sur le point d'avouer un énorme mensonge, et jamais elle n'a eu d'ennuis à l'école auparavant.

Durant un bref instant, elle a songé à tenter de gagner du temps (« Marine est malade » ou « Marine a le trac »), mais elle sait que cela ne fera qu'aggraver le problème. Marine se présentera à l'école pour répéter la pièce, et le mensonge de Célia sera presque aussitôt découvert. Il y aussi ce message téléphonique à Mme Caya dont, Célia n'en doute pas, Mme Pomerleau finira par avoir écho. De plus, elle sait que, si elle souhaite conserver l'amitié de Marine, elle devra admettre que tout ça est sa faute, ne serait-ce que pour prouver à son amie à quel point elle tient à elle.

Célia redoute de devoir expliquer tout cela à Mme Pomerleau, qui ne la laissera peut-être pas prendre la place de Marine dans la course. Et même si elle le permet, Célia ne serait pas surprise de baisser dans l'estime de Mme Pomerleau. Est-elle prête à cela?

Et ces vieilles inquiétudes assaillent également Célia, celles qui l'ont empêchée de poser sa candidature au départ : comment les élèves réagiront-ils en voyant Célia la « nerd » prendre la place de la jolie fille d'art dramatique sur l'estrade lors du débat? Pire encore, et si son vieux béguin pour Matéo affectait sa performance lors du débat? Elle est certaine de ne plus en être amoureuse, mais si les choses changeaient quand elle l'apercevra sur la scène?

Elle entend un bruissement dans le couloir à l'endroit où se trouvait le concierge, mais lorsqu'elle se retourne, il a disparu.

Célia prend une grande respiration et se cache le visage avec ses mains pour ne plus voir la lueur des fluorescents au-dessus d'elle. Elle se répète intérieurement les paroles de Marine pour empêcher son esprit de s'enflammer : *Je n'ai aucun pouvoir sur ce que les autres pensent. C'est ce que moi je pense qui compte.*

Elle enlève ses mains de devant son visage et lisse ses cheveux que sa mère a séparés par une raie en zigzag. Son estomac semble s'être calmé un peu, assez pour qu'elle sache qu'elle ne sera pas malade d'un instant à l'autre. Les portes se dressent devant elles, et on entend le bourdonnement des imprimantes et des sonneries des téléphones de l'autre côté.

Juste au moment où elle parvient à repousser le doute de son esprit, Célia pousse les portes du bureau, habitée à la fois par l'incertitude que Mme Pomerleau se ralliera à la solution la plus simple, mais aussi par la certitude que proposer cette solution est la bonne chose à faire.

Chapitre 11

Des coulisses, le bruit de toutes les classes de 1re secondaire entrant d'un pas traînant dans l'auditorium pour assister au débat est assourdissant. Célia se tient derrière le côté droit du rideau, refusant de regarder la foule grandissante. Elle essaie de se concentrer sur sa respiration afin de rester calme. Elle a encore la tête qui tourne après tout ce qui s'est passé dans la dernière heure.

Ses aveux à Mme Pomerleau ce matin ont vite pris une tournure qu'elle n'avait pas prévue. Elle s'est mise à parler des cliques de l'école, du fait qu'elle était triste d'être cataloguée comme « nerd », et de ses états d'âme concernant Matéo. Elle a expliqué à quel point elle s'était sentie frustrée quand les gens ont félicité Marine pour ses idées, même si c'était les conséquences de son propre plan. Une voix dans la tête de Célia répétait sans cesse : *Tu en dis trop,* mais qui de mieux qu'une conseillère d'orientation diplômée pour recevoir ses confidences? Elle a parlé sans arrêt pendant dix bonnes minutes avant que Mme Pomerleau lève la main pour l'interrompre.

— Je suis très fière que tu aies appris tout ça, même si tu l'as appris à tes dépens, a dit Mme Pomerleau d'un air grave.

Elle ne portait qu'un macaron aujourd'hui : *DÉMOCRATIE!*

— Je vais te laisser prendre la place de Marine, mais uniquement à la condition que tu avoues tout à tes camarades avant le début du débat.

Célia était estomaquée. Elle ne pouvait s'imaginer en train de raconter tout ce qu'elle venait de dire aux élèves de 1re secondaire.

Mme Pomerleau a semblé lire dans ses pensées.

— Pas besoin de leur dire *tout* ce que tu m'as confié, mais je tiens à ce que tu sois honnête avec tout le monde. Je sais que tu trouveras la bonne façon de leur expliquer ce qui s'est passé. Tu es une bonne communicatrice, et c'est en partie pour cette raison que je sais que tu ferais une excellente représentante de 1re secondaire.

Célia a hoché la tête, acceptant la condition en silence. Le compliment de Mme Pomerleau lui a fait du bien, et elle a presque réussi à se détendre. Mais Mme Pomerleau n'avait pas terminé.

— Autre chose, a-t-elle ajouté, assise derrière son bureau. Tu es l'une des meilleures élèves de cette école, et j'approuve ta candidature parce que tu n'as jamais

138

eu d'ennuis. Mais dorénavant, tu ne pourras jamais prétendre avoir un dossier sans tache avec moi.

Célia n'avait jamais vu Mme Pomerleau aussi sérieuse, et elle était extrêmement mal à l'aise de lui avoir fait faux bond. Toutefois, elle savait que les choses auraient pu être bien pires. Mme Pomerleau a fini par laisser tomber son visage de marbre, a esquissé un sourire et dit avec enthousiasme :

— Tu es prête pour le débat, alors?

Célia a fait signe que oui avec un sourire nerveux.

Et voilà qu'elle est là, attendant d'être présentée comme candidate. Marine se tiendra fort probablement au même endroit plus tard cet après-midi lors de la générale. Sans trop savoir pourquoi, Célia se sent réconfortée à cette pensée.

Ce qui est loin de la réconforter, en revanche, c'est de savoir que Matéo attend de l'autre côté de la scène, et qu'il n'a aucune idée que c'est maintenant elle qu'il affronte, et non Marine. Mme Pomerleau a jugé que ce serait injuste de le surprendre avec une telle nouvelle seulement une heure avant le débat; il pourrait remettre en question toute sa préparation. Célia croit que ce sera pire si Matéo l'aperçoit sur la scène à la dernière seconde, mais elle serait mal venue d'argumenter contre Mme Pomerleau sur ce point. Après tout, c'est elle qui a un diplôme en counseling.

Après les quelques remarques du directeur portant principalement sur l'obligation de rester assis sans parler ni huer, Mme Pomerleau prend le micro et explique le déroulement de l'élection.

— Les bureaux de vote ouvriront à l'heure du dîner et demeureront ouverts jusqu'à la fin de la journée. Chaque élève de 1re secondaire aura l'occasion de voter pour un candidat par scrutin secret. Ce débat est votre dernière chance d'obtenir une réponse à vos questions avant de voter; alors je vous en prie, profitez de ce processus démocratique.

Elle écarte le micro pour s'éclaircir la voix.

— Sans plus de façons, je vous demande d'accueillir le premier candidat, Matéo Crespi.

Matéo fait son entrée du côté opposé de la scène, les mains dans les airs pour stimuler la foule. Célia écarte légèrement le rideau et le regarde s'installer derrière l'estrade située à l'autre bout de la scène. Tous les élèves l'acclament avec frénésie, leurs cris, leurs sifflements et leurs applaudissements se fondant en une immense clameur qui semble se frayer un chemin jusque dans la poitrine de Célia. Si elle ne s'était pas autant appliquée à respirer par le nez, elle aurait vomi.

— Merci, ça suffit, dit Mme Pomerleau en calmant la foule.

Les sifflements et les applaudissements de quelques indisciplinés persistent durant un instant lorsqu'elle reprend la parole, cette fois pour présenter Célia.

— Notre prochaine candidate n'est pas celle que

140

vous attendez tous, mais je peux vous assurer qu'elle participe à cette élection depuis le début. Elle a quelques mots à vous adresser avant le début officiel du débat.

Dans la salle, les spectateurs commencent à marmonner entre eux, et bientôt s'élève une symphonie de voix demandant « Qui? Quoi? » Les murmures atteignent Célia droit au cœur. Mais soudain, elle l'entend : un formidable CHUTTTT! lancé quelque part à l'avant de la salle. Sans même regarder, elle sait que c'était Marine qui projetait sa voix en expulsant l'air avec le diaphragme, comme Mme Caya le lui a montré. Les marmonnements cessent et Mme Pomerleau continue sa présentation, mais Célia n'entend plus rien. Le chut de Marine a mis de l'ordre dans ses propres pensées, lui permettant enfin de passer en mode exposé oral. Les faits, les idées, la plate-forme, les slogans : tout s'organise et reprend sa place dans sa tête. Malgré sa nervosité et ses craintes, elle sait qu'elle n'a plus qu'à entrer en scène et à commencer son discours. Elle est on ne peut plus prête.

C'est à ce moment-là qu'elle entend la voix de Mme Pomerleau.

— ... vous présenter mademoiselle Célia Martinez.

Tandis qu'elle s'avance sur la scène, Célia est sous le choc : après une pause initiale, les élèves se sont mis à applaudir et à pousser des acclamations, exactement comme ils l'ont fait pour Matéo. Les applaudissements l'accompagnent sans relâche jusqu'à l'estrade. Célia reprend confiance. Après avoir redouté le pire, elle se réjouit de constater que la plupart des gens se moquent pas mal de voir que ce n'est pas Marine. Tout ce qu'il lui reste à faire maintenant, c'est de dire la vérité, de présenter ses arguments et de gagner des votes.

Matéo sait maintenant qu'il a une nouvelle adversaire. Debout de l'autre côté de la scène, il reste bouche bée, les yeux plissés, n'y comprenant plus rien. En se tournant vers lui, Célia aperçoit quelqu'un du coin de l'œil : dans la première rangée, du côté de Matéo, Raoul agite les bras. Il tente d'attirer l'attention de son ami, mais celui-ci semble incapable de détacher son regard de Célia. Elle se redresse légèrement et lui adresse un grand sourire en haussant les épaules, espérant que ça lui suffira comme excuses pour l'instant. Matéo paraît se rappeler tout à coup qu'il est sur scène, car il ferme enfin la bouche, secoue la tête et lève les épaules à son tour.

— Bonne chance, articule-t-il en silence.

Célia se penche en avant pour parler dans le micro.

— Chers amis de 1re secondaire, commence-t-elle, je sais que vous vous attendiez à voir Marine Durand sur cette estrade aujourd'hui. Mais la vérité...

Elle scrute la foule du regard pour trouver Marine et l'aperçoit dans la deuxième rangée. Son amie se lève et fait un signe de la main, puis elle siffle en mettant deux doigts dans sa bouche, son manuscrit maintenant tout abîmé sous le bras.

— Vas-y, Célia! s'écrie Marine.

Célia la regarde, rayonnante, avec l'impression que tout est désormais possible.

— La vérité, c'est que j'ai proposé à Marine d'être candidate à ma place, parce que je ne croyais pas pouvoir gagner. Les discours, les idées pour la campagne... tout est de moi. Mais j'ai demandé à Marine de faire comme si c'était les siens. J'ai cru qu'elle aurait de meilleures chances d'être élue parce qu'elle est populaire. J'accordais trop d'importance aux questions de popularité, au fait d'être cool et de faire partie d'une clique ou d'une autre pour pouvoir être élue, alors que ce n'est pas de cela qu'il est question dans une élection. J'ai eu tort. Je me rends compte maintenant que ce n'est pas à moi de décider si je dois gagner, mais à vous tous. Donc, me voici. Je vous demande de me pardonner, et merci de me donner la chance de vous prouver que je suis la personne qu'il vous faut.

— Vive Célia! hurle Marine dans la deuxième rangée.

Lorsque les élèves autour d'elle constatent qu'elle appuie totalement Célia, ils se mettent à applaudir, davantage curieux que mécontents de ce changement de candidate. Maintenant assis au bout de son siège, Raoul a cessé d'agiter les bras et semble suspendu à ses lèvres, l'air complètement hébété, mais

143

extrêmement attentif. Yasmine, assise dans la cinquième rangée, ne s'est même pas tournée vers ses amies pour commencer à potiner. Elle et sa bande attendaient de voir ce que Célia avait à dire.

— Bien... merci, mademoiselle Martinez, dit Mme Pomerleau en faisant taire la foule à nouveau.

Tandis que Mme Pomerleau annonce aux élèves qu'elle sera l'animatrice du débat, et qu'elle leur explique la façon de procéder pour poser des questions, Célia observe ses camarades : Yasmine et sa petite troupe, toutes très attentives; les jumeaux, assis derrière elles; Lou-Ève Roger, qui a posé les pieds sur le siège devant elle; Sammie, la doublure de Marine, assise à l'arrière de l'auditorium, affichant un air maussade. Peut-être qu'elle a perdu le vote de Sammie en permettant à Marine de conserver son rôle, mais Célia n'a aucun pouvoir sur ce que pense Sammie (ou qui que ce soit d'autre). Elle peut seulement faire de son mieux et espérer qu'on aimera autant ses idées qu'avant, même si elles viennent d'elles et non de Marine.

— Maintenant que les choses sont claires concernant le déroulement du débat...

Marine siffle bruyamment encore une fois, et Célia la salue de la main. Même si elle n'a pas eu la chance de s'excuser directement auprès de Marine pour tout ce qu'elle lui a fait vivre, Célia est convaincue que tout ira bien entre elles. Marine semble fière d'elle, et Célia sait que les rôles seront bientôt inversés : c'est elle qui sera dans la salle tout à l'heure pour applaudir le jeu de sa meilleure amie. Elle a hâte de la voir sur scène faire ce qu'elle fait le mieux, et elle est impatiente de lui raconter ce qui s'est passé ce matin. Mais plus que tout, elle brûle de demander à Marine de lui pardonner son erreur même si, à l'entendre siffler, il semble qu'elle soit déjà tout excusée.

Une lueur d'excitation brille dans les yeux de Mme Pomerleau lorsqu'elle se tourne vers chaque candidat avant de se pencher vers le micro.

— Et maintenant, dit-elle, que le débat commence!

Chapitre 12

Pour la toute première fois, le parfum de mangue qui accueille Célia dans le bureau de Mme Pomerleau lui donne la nausée. Pourtant, il n'est pas plus prononcé que d'habitude. C'est juste que Mme Pomerleau l'a convoquée subitement (son enseignant l'attendait à son arrivée en classe, le billet dans la main) le jour même où les résultats de l'élection de 1re secondaire seront annoncés.

En entrant dans la petite pièce claire, Célia remarque que Mme Pomerleau ne porte pas de macaron au revers de son blazer, ce qui ajoute à sa nervosité. Il n'y a personne d'autre dans le bureau. Célia craint que Mme Pomerleau ait changé d'avis; peut-être qu'elle est super furieuse de la malhonnêteté de Célia et qu'elle s'apprête à la renvoyer de l'école à tout jamais. Célia devra vivre dans la rue (sa mère la mettra sûrement à la porte si elle décroche) et faire des expériences scientifiques sur le trottoir dans l'espoir que les passants lui offrent quelques pièces de monnaie.

Célia se demande où elle trouvera des boîtes en carton pour se construire une maison lorsque Mme Pomerleau déclare :

— J'attends seulement que Matéo descende.

Matéo aussi est renvoyé? Ça n'a pas de sens. S'il est censé les rejoindre d'un instant à l'autre, c'est donc que Mme Pomerleau n'a pas l'intention de lui crier après. Il doit plutôt s'agir du résultat des élections. Célia décide d'arrêter de se tracasser pour l'instant, du moins jusqu'à ce qu'elle sache ce qui se passe vraiment.

Quelques secondes plus tard, Matéo entre dans le bureau sans se presser, arborant un large sourire au moment de franchir la porte. Mais son sourire se fige lorsqu'il aperçoit Célia déjà assise sur l'un des sièges de visiteur.

— Salut, Célia, dit-il, toujours debout. Vous vouliez me voir, madame Pomerleau?

— Je voulais vous voir tous les deux, répond-elle gaiement.

Elle indique le siège libre d'un geste de la main.

— Je t'en prie, assieds-toi.

Célia n'a pas revu Matéo depuis le débat. Elle l'a cherché vendredi à l'heure du dîner pour tenter de tout lui expliquer, mais ni lui ni Raoul n'étaient à la cafétéria. Elle a vu Marine, toutefois. Célia s'est faufilée dans l'auditorium après l'école pour assister à la générale. Installée tout au fond de la salle, elle l'a regardée dire toutes ses répliques sans se tromper. Elle se sentait presque mal pour Sammie qui, assise dans la première rangée, les bras croisés, faisait semblant de prononcer les répliques en même temps que Marine, jusqu'au moment où Mme Caya l'a surprise et lui a dit d'arrêter parce cela distrayait les acteurs sur la scène. Célia était tellement fière de Marine qu'elle avait l'impression que son cœur allait éclater.

Elle a également revu Marine pendant la fin de semaine lorsqu'elle s'est rendue chez elle pour s'excuser officiellement. Marine ne l'a même pas laissée prononcer les mots « Je suis désolée » avant de la prendre dans ses bras.

— Je t'ai vue au fond de la salle, a-t-elle dit. Dieu merci, tu étais là! J'étais tellement nerveuse.

Célia était justement sur le point de la remercier de lui avoir inspiré une telle confiance lors du débat.

— Tu as été tellement extraordinaire, a-t-elle ajouté en parlant de l'interprétation de Marine. J'ai totalement cru que tu étais Roxane!

— Tu veux savoir ce qui est vraiment extraordinaire? Parlons de ta prestation lors du débat! Tu as gagné ce débat haut la main.

— N'importe quoi! a protesté Célia en rougissant.

— Non, sérieusement! Tu as montré à tout le monde qu'il fallait voter pour TOI.

Durant le débat, Matéo avait donné l'impression d'être mal préparé et plutôt lent à réagir lorsqu'il était sous pression. Célia, en revanche, avait fait valoir ses opinions tout en parvenant à glisser quelques blagues et à s'adresser à tous les différents groupes d'élèves. Elle avait fourni une réponse réfléchie et complète à chaque question, dans le délai requis, en plus, alors que Matéo s'était fait interrompre presque chaque fois par la minuterie réglée à deux minutes. Elle était satisfaite de sa performance, mais ça ne voulait pas dire qu'elle allait gagner l'élection. Après tout, cela demeurait un concours de popularité. Vers la fin, Matéo avait réussi à tourner ses problèmes avec la minuterie à la blague, faisant exprès d'être interrompu rien que pour déclencher les rires. Il était toujours très sympathique et, au moment de cocher un nom sur un bulletin de vote, plus de gens se souviendraient probablement du nom de Matéo Crespi que de celui de Célia Martinez.

Multipliant les étreintes, les excuses et les promesses, Célia et Marine ont passé l'après-midi à flâner. Elles ont regardé de nouveaux épisodes de *César, l'homme qui parle aux chiens* (nouveaux pour elles, du moins), riant à la pensée qu'aucun de ces trucs ne fonctionnerait avec Paco. Elles ont même parlé de Matéo. Marine a avoué qu'elle l'aimait un peu, mais moins depuis qu'elle l'avait vu au débat.

— Il n'est pas le plus brillant de l'école, a-t-elle ajouté, mais il est agréable à regarder.

Elles ont rigolé toute la journée. La mère de Marine leur a préparé des croquettes de poulet pour dîner, et Célia aurait voulu que lundi matin (et les inévitables résultats de l'élection) n'arrive jamais.

Une fois que Matéo est assis, Mme Pomerleau s'éclaircit la voix.

— Je vous ai fait venir tous les deux pour que vous appreniez la nouvelle de moi d'abord, au cas où quelques larmes seraient versées.

Matéo rit tout haut, mais s'arrête net lorsque Mme Pomerleau lui jette un regard sévère. Célia est maintenant certaine d'avoir perdu l'élection. Manifestement, c'est elle, et non Matéo, qui était visée par le dernier commentaire de Mme Pomerleau. Elle tente de se consoler en songeant au bon temps qu'elle a passé avec Marine pendant la fin de semaine, et en se rappelant qu'elles sont plus proches que jamais après avoir traversé ensemble les turbulences de cette élection.

Au moins, grâce à la campagne, elle n'a plus le béguin pour Matéo. Elle n'aura plus jamais à penser à lui, même si elle l'entendra beaucoup plus souvent durant les annonces du matin maintenant qu'il est représentant de 1re secondaire. Mais elle s'y habituera. Autre conséquence positive : elle a fait connaissance et discuté avec un tas d'élèves de l'école Cousineau, Raoul, par exemple. En fait, c'est par l'entremise de

150

Matéo qu'elle en est venue à apprécier Raoul et son génie durant la campagne.

— Comme vous le savez, poursuit Mme Pomerleau, les votes ont été comptés au cours de la fin de semaine. J'ai les résultats ici.

Elle s'empare d'une enveloppe déjà ouverte.

Célia est soulagée à l'idée que tout sera bientôt terminé. Matéo lui demandera peut-être son avis sur certains points. Elle pourra continuer à faire valoir ses idées; il n'y a aucune raison pour qu'elle renonce à la politique et à une participation au conseil des élèves. Et il y a toujours la science sur laquelle elle peut se rabattre, ce qui n'est pas désagréable du tout. Maintenant que la campagne est terminée, peut-être qu'elle pourra assumer sans retenue son côté « nerd », comme l'a fait Marine avec son goût pour l'art dramatique.

Juste au moment où Célia conclut qu'elle retire suffisamment de positif de sa défaite pour ne pas pleurer devant Matéo, Mme Pomerleau se tourne vers elle.

— Félicitations, Célia.

Honnêtement, elle se dit qu'elle doit avoir les oreilles bouchées, car Matéo bondit dans les airs.

— Yahou! s'écrie-t-il.

Puis il reste figé et fixe Mme Pomerleau, l'air aussi interdit qu'elle.

— Vous voulez dire Matéo, n'est-ce pas? demande Célia, convaincue, tout comme Matéo, que c'est lui qui a gagné.

Mme Pomerleau secoue la tête.

Matéo se rassoit, les mains posées sur les accoudoirs. Il est abasourdi, de toute évidence, mais s'efforce de ne pas le montrer.

— La course a été très serrée, dit Mme Pomerleau, mais c'est toi qui as gagné, Célia. Tes camarades t'ont élue représentante de 1re secondaire.

Célia devine que Mme Pomerleau retient un sourire pour ménager Matéo.

— La course, comme je l'ai dit, a été très serrée. Matéo, je te félicite d'avoir mené une campagne intéressante et dynamique.

Célia n'en croit pas ses oreilles. Pour la première fois dans l'histoire récente de l'école Cousineau, une « nerd » pure et dure a gagné un concours de popularité. Et cette « nerd », c'est elle! C'était donc possible! Elle ne peut pas croire qu'elle a douté à ce point du jugement des électeurs (et du sien).

— Célia, pourquoi pleures-tu? demande Matéo.

Elle porte les mains à son visage et constate qu'elle pleure, effectivement. Elle est tellement surprise et heureuse qu'elle verse des larmes de joie. Elle bondit sur ses pieds et enlace Matéo, qui se lève pour ne pas qu'elle tombe sur lui.

— Je n'arrive pas à le croire, ça alors, incroyable!

152

s'entend-elle crier.

Elle a l'impression de se regarder à la télévision.

— Je ne peux pas le croire. Je ne peux pas croire qu'ils ont voté pour moi!

Matéo l'enlace à son tour, même si la nouvelle semble lui avoir coupé le souffle. Maintenant qu'il lui tourne le dos, Mme Pomerleau a la bouche fendue jusqu'aux oreilles et lève les pouces en signe de victoire. Mais elle se ressaisit rapidement et se tape la main pour montrer à Célia qu'elle a eu tort de révéler qui elle souhaitait voir gagner.

— Je dois soumettre ces résultats au directeur avant qu'ils soient officiels, explique Mme Pomerleau en se levant. Une fois qu'il les aura signés, nous pourrons en faire l'annonce à toute l'école. Je voulais vous apprendre la nouvelle d'abord... Je reviens tout de suite!

Lorsque Mme Pomerleau quitte la pièce, Célia la voit esquisser quelques pas de danse dans le couloir pour célébrer sa victoire.

— Je n'arrive pas à le croire, dit Matéo une fois que Célia le libère de son étreinte.

— Je sais, on dirait un miracle! dit-elle d'une voix perçante. C'est vraiment formidable!

Matéo relève les sourcils, ce qui lui donne une mine triste et défaite. C'est alors que Célia se rend compte de ce que sa victoire signifie pour lui.

— Oh, tu as raison. Je suis désolée. Je ne voulais

pas tourner le fer dans la plaie.

Elle baisse la tête et lui donne un petit coup de poing amical sur l'épaule. Elle se sent tellement plus à l'aise avec lui maintenant qu'elle le considère seulement comme un ami.

Matéo hausse les épaules.

— Ça ne fait rien. De toute façon, à la minute où le débat s'est terminé, j'ai su que tu ferais une meilleure représentante que moi.

Il essaie de rester cool, mais Célia devine, à ses épaules voûtées, qu'il est réellement déçu. Elle sourit, heureuse du compliment.

— Raoul le pensait aussi, ajoute-t-il.

Le souvenir de Raoul agitant les bras dans la salle juste avant le débat refait surface dans la mémoire de Célia.

— Je l'ai vu dans la première rangée, dit-elle doucement, quand il essayait d'attirer ton attention avant que le débat commence. Qu'est-ce qu'il voulait exactement?

— Oh... Ça.

Célia devine qu'il est en train de se demander s'il doit lui dire la vérité ou pas. Il laisse échapper un long soupir et se rassoit.

— La vérité, commence-t-il enfin, c'est qu'au départ il voulait que je proteste et que je refuse de participer au débat puisque c'est Marine, et non toi, qui devait être là.

Lentement, Célia s'assoit à son tour.

— C'était astucieux de sa part, admet-elle, impressionnée par la vivacité d'esprit de Raoul. Très astucieux, même. Tu aurais totalement eu le droit de le faire. Pourquoi n'as-tu rien dit?

— Je ne sais pas.

Il fixe la chaise vide de Mme Pomerleau.

— Je n'y avais pas pensé avant qu'il me le dise, mais même si j'avais su que je pouvais faire ça, je ne suis pas sûr que j'aurais protesté. Je suppose que j'avais envie de t'affronter. D'une certaine façon, j'étais content que ce soit toi, parce que tu es, comme... la plus difficile à battre. J'imagine que je voulais faire mes preuves en t'affrontant.

Extrêmement flattée, Célia devine qu'elle doit être toute rouge.

— Mais ne t'enfle pas la tête avec ça, dit Matéo. Après tout, je n'ai pas eu beaucoup de temps pour prendre ma décision. Et puis, Raoul a changé d'idée quand il a entendu tes excuses.

C'est à ce moment-là que Célia se souvient qu'elle lui doit des excuses.

— Je suis désolée que tu l'aies su à la toute dernière minute. J'ai tout raconté à Mme Pomerleau ce matin-là, et je n'avais plus le temps de...

— Je comprends parfaitement, l'interrompt Matéo.

Une lueur de reconnaissance brille dans ses yeux.

— Je ne dirai rien de plus, mais j'ai une petite idée

de ce que vous viviez, Marine et toi, ajoute-t-il.

Une certaine gêne se lit sur son visage, mais il continue malgré tout.

— Au début, je n'étais pas très enthousiaste à l'idée de poser ma candidature, mais Raoul m'a, comme... aidé à faire campagne. À vrai dire, c'est plutôt lui qui voulait que je me présente.

Célia reste figée sur son siège. Elle comprend soudainement qu'elle et Raoul, qui est perçu à l'école comme le simple acolyte de Matéo, ont peut-être eu la même idée pour cette élection, sauf que les choses se sont déroulées différemment pour l'un et l'autre. Célia semble avoir plus de points en commun avec Raoul qu'elle ne l'aurait cru. Pas étonnant qu'elle ait senti une complicité s'établir entre eux depuis le jour où ils ont bavardé au tournoi de basket! Elle élabore aussitôt un nouveau plan, un plan qui lui permettrait de se racheter envers Marine et Matéo (et peut-être même Raoul).

Célia se tourne vers Matéo, qui contemple toujours la chaise vide.

— Ça vous dirait, à Raoul et toi, de nous accompagner au comptoir de crème glacée après l'école, Marine et moi? C'est moi qui invite.

Il lui adresse son premier vrai sourire de la journée. Célia imagine que Marine affichera le même sourire en entendant le résultat des élections, et en apprenant la sortie qu'elle a prévue après l'école pour fêter ça.

— Ce serait super, répond Matéo. Je sais que Raoul

sera partant aussi. Il te trouve pas mal formidable. Mais ne va pas lui raconter que je t'ai dit ça.

Célia a le souffle coupé. Son cœur bat plus vite et elle a des picotements dans les mains. Elle songe à ce jour au terrain de basket où Raoul et elle ont « accidentellement créé des liens », à la façon dont il a rougi en l'apercevant dans le bureau principal avant les discours des candidats, et à la manière dont il la fixait durant le débat, assis au bout de son siège. Elle ne peut s'empêcher de sourire.

— Rendez-vous près de notre arbre? lance-t-elle pour plaisanter, découvrant enfin le moyen de faire rire Matéo sans être automatiquement méchante avec lui.

Quelqu'un frappe derrière eux. Ils se retournent et aperçoivent Mme Pomerleau et le directeur dans l'embrasure de la porte.

— Pas de carnage? demande Mme Pomerleau. Excellent. Nous sommes sur le point de faire les annonces du matin. Matéo, si tu préfères te cacher ici, libre à toi.

— Non, merci, madame Pomerleau, ça ira.

Il se tourne vers Célia.

— Je veux être dans la classe quand on annoncera l'excellente nouvelle de l'élection de Célia.

Celle-ci lui frappe l'épaule encore une fois, souriant au point d'en avoir mal aux joues.

— Il a fini de pleurer, de toute façon, dit-elle à la blague.

157

Tout le monde rit tandis que Matéo sort du bureau, non sans adresser un petit signe de la main et un clin d'œil à Célia.

— On se revoit devant l'interphone, dit le directeur en serrant la main de Célia. Je vais écourter mon communiqué aujourd'hui pour nous donner le temps d'annoncer ta victoire.

— Merci, monsieur.

— Il n'y a pas de quoi, dit-il en la saluant.

Il s'éloigne et s'arrête à la réception pour prendre ses notes.

Mme Pomerleau donne un petit coup de hanche sur celle de Célia, et celle-ci vacille légèrement. Elle retrouve l'équilibre au moment où Mme Pomerleau lui demande :

— Prête, madame la représentante?

Célia lève le visage vers elle et sourit, hochant la tête avec empressement. *Madame la représentante, voilà qui sonne bien, non?*

Au sujet de l'auteure

Jenny Santana, originaire de Miami, vit maintenant à Los Angeles. En huitième année, elle a été candidate à la présidence de sa classe et a perdu tragiquement contre une fille extrêmement populaire (et extrêmement belle). Si jamais elle décidait de poser à nouveau sa candidature à un poste de présidente, elle le ferait en s'appuyant sur son grand talent de décoratrice spécialisée dans les affiches brillantes et étincelantes, ce qui lui assurerait la victoire.